우리들의 다섯 번째 이야기

별난 별들끼리

우리들의 다섯 번째 이야기

별난 별들끼리

초판 1쇄 인쇄_ 2021년 02월 15일 | **초판 1쇄 발행**_ 2021년 02월 18일
지은이_경화여고 학생들 | **엮은이**_박세황
펴낸이_진성옥 외 1인 | **펴낸곳**_꿈과희망 | **디자인·편집**_박경주
주소_서울시 용산구 한강대로 76길 11-12 5층 501호
전화_02)2681-2832 | **팩스**_02)943-0935 | **출판등록**_제2016-000036호
E-mail_ jinsungok@empas.com
ISBN_979-11-6186-093-0 43810

우리들의 다섯 번째 이야기

별난
별들끼리

文藝創作

경화여고 문예창작 종합과정 작품집

경화여고 학생들 씀
박세황 엮음

꿈과희망

★ 머리말

뭔가, 후다닥거리며 시간이 지나간 것 같습니다. 2015년 처음으로 문예창작 중점과정을 시작하였는데 그때 입학한 친구들이 이제 대학 졸업반이 된다고 생각하니 후다닥거리는 동안 시간이 참 많이 지났구나 싶습니다. 처음에는 문예창작이라는 과정을 운영한다는 것 자체가 정말 엄두가 나지 않았고, 막막하기만 했었습니다. 다행히 사윤수 시인님과 이나리 소설가님 두 분께서 열정을 가지고 학생들의 창작 수업을 지도해 주신 덕분에 성공적이라고 할 수 있는 시간이 될 수 있었다고 짐작해봅니다. 담임을 해주시면서 애정 어린 마음으로 늘 보살펴 주신 선생님들 덕분이기도 합니다. 이제 일곱 번째 학생들을 받게 되었고, 중점과정이라는 말에서 교과특성화학교라는 말로 바뀌었습니다.

아직은 서툰 글들이지만 언젠가 우리나라 문단을 대표할 미래의 시인, 소설가, 드라마 작가, 방송 작가가 될 아이들의 시작이라고 생각합니다. 그렇기에 교사로서 살아가는 것에 대한 매력을 느낄 수 있는 것 같습니다. 비록 작가가 되지 않고 다른 길을 선택한 아이들도 많지만, 각자의 삶 속에서 다양한 경험을 쌓으면서 언젠가는 저마다의 글을 풀어낼 밑거름이 될 수도 있지 않을까 하고 기대해봅니다.

올해도 대구광역시교육청 책쓰기 프로젝트 덕택에 이렇게 출판을 할 수 있게 되어 감사합니다. 예쁜 작품집을 만들어 주신 꿈과희망 출판사 김창숙 대표님께도 감사드립니다.

교사 박세황

★ 차례

산문

운문

바다

고은상

해가 품을 내어 주면
은하수보다 빛나는 별이 된다

해가 슬프게 운다면
차가운 물로 따듯하게 감싸 안아준다

해와 싸워 토라져
한동안 멀리 있다가도 금세 풀어져 다시 돌아온다

해와 헤어지더라도
여전히 그 자리에 남아 기다린다

마음이 여리고 소심해
혼자 속으로 눈물을 머금어 삼킨다

해하고 둘이만 있기에는 너무 외롭고 마음이 힘들어
자신의 품에 다양한 생물들이 사는 수족관을 품는다

등대

어둠 속 한 줄기 빛이
길 잃은 뱃사람 집으로 가게 해준다

본고장서부터 섬나라를 거쳐
이 땅에 온 것을 등대는 알까

농부가 피땀을 흘려 거둔 식량을
원숭이들이 밤낮으로 가져가기 위해 존재함을 알까

'등대지기'가 되기 싫어
'등대원'으로 불리고 싶어함을 알까

어둠 속 한 줄기 빛이
길 잃은 뱃사람 집으로 가게 해준다

바나나

고은상

공주를 지키고 있는 괴물을 해치워야 한다
막무가내 해치우려고 힘을 주면 공주가 다치게 된다
엄지와 검지로 꼭지를 잡고 꽉 힘을 주면
반항없이 몇 갈래로 갈라진다
그리하면 공주가 머리를 빼꼼 내민다
너무 기뻐 손에 힘을 주게 되면
이때까지 해온 여정들이 물거품이 되고 만다
손에 힘을 적당히 주고 괴물의 잔여물을 정리하면
온전히 공주만 남는다
나는 공주를 먹었다……?

유리창

권지은

'쿵'
별안간 들려오는 작고 둔탁한 소리

고개를 돌려 창문으로 시선을 옮기니
웬 콩새 한 마리가 머리를 부딪혀 죽었다

신기하게도 그 죽은 자태가
참 가지런하고도 단정했다

죽은 줄도 모르게
죽어 있었다

남아 있는 온기라도 애도의 마음을 느낄 수 있을까
더 가까이 가 보려 하니

그 사이에는
잘 닦여진 빛나는 유리창만이
고요한 죽음을 바라보고 있었다

태양의 꽃

권지은

저는 오늘도 당신만을 바라봐요

항상 밝게 빛나는 당신은
세상 그 누구와도 견줄 수 없을 만큼 아름답답니다

제가 숨쉬는 까닭은 오직 그 아름다움 덕분이지요
당신이 없다면 아마 하루도 버티지 못할 거예요

언제나 환한 빛을 주시는 당신께
저는 드릴 수 있는 게 없어서

오늘도 하염없이 당신을 바라보기만 해요

가을의 끝자락

권지은

낭만으로 흩날리던 낙엽은
이제는 짓밟혀져
더는 그 형체를 알아 볼 수가 없게 되었습니다

낙엽이 떠나간 자리에는
홀로 남겨진 앙상한 가지만이
한데 모여
소곤소곤 겨울을 맞을 준비를 하고 있습니다

그 가지들 사이로
차디찬 바람이 불어와
온 세상을 스윽 훑고 지나가면,
그때부터는 온전한 겨울의 시작을
알릴 것입니다

모퉁이

김민지

모퉁이 속에 꾹꾹 눌러 담은
자동차들의 소음 속에서
자고 있는 작은 들꽃 하나
혹시라도 잠에서 깰까 봐
모퉁이는 자꾸만 작아진다

작아진 모퉁이 속에 끼여서
서로 먼저 꺼내달라고
보채는 자동차들 속에서도
여전히 곤히 잠들어 있는 그 들꽃 하나

혹시라도 잠에서 깰까 봐
자장가를 부르기 시작하자
보채던 자동차들까지
줄줄이 도미노처럼 쓰러져
곤히 잠이 들어버리네

나뭇잎

김민지

엷게 흩날리며
하늘 위에 윤슬을 만들어내며
반짝반짝 빛이 나는 해변이었다가도

조각, 조각들이 모인
향긋한 모빌이 되었다

바람이 거세게 불면
살려달라며 아우성을 치는
그들을 보며 죄책감을 느끼다가도

오뚜기처럼 바람에 기우뚱하는
나뭇잎들의 그림자들이 괴물처럼 다가와
나의 그 밤 속을 떨었다

나비효과

김세현

아무것도 없던 백지 같은 나에게
넌 아름다운 그림을 그려주었다
조그마한 너의 숨결로
마음 깊이 온기가 퍼지는 것을 체온으로 느낀다
사막에서 너의 작은 날갯짓 한 번이면
그곳은 파도로 함몰하고 말 것이다

칠흑 같은 어두운 미래에서
너는 등불이 되어 길을 밝혀주었다
너의 간지러운 손결을 받으면
나는 웃음을 터트리며 뒤로 넘어지고 만다
메마른 땅에서 너의 작은 날갯짓 한 번이면
그곳은 회오리 바람으로 휩쓸리고 말 것이다

우산

김세현

너에게 다가가고 싶지만 빛나는 태양에 마음을 접어둔다
구석에서 난 여전히 습기를 찾고 있다

마침내 어둠이 드리운 날이 오면
나는 너와 손을 맞잡고 기꺼이 눈물 흘리리라

네가 울상을 짓는다 해도
나는 비바람 속에서 너를 포근하게 감싸줄 것이다

태양이 떠오르면 난 바닥에 내팽개쳐진다
난 또 그렇게 구석에서 너를 여전히 바라본다

그림자

김세현

빛이 우리를 밝힌다면
나는 네 옆을 살금살금 따라갈 것이다

어둠이 우리를 덮친다면
나는 너의 품 속에서 잠시 쉬고 있을 것이다

세상 모두가 너를 버린다 해도
나는 소리 없이 네 곁을 지킬 것이다

연필깎이

김하나

손잡이를 잡아 돌리면
끝에서부터 깎여나가는 연필
깎고 또 깎아 잡기도 힘든
작고 초라해진 연필 한 자루

손에 잡히는 물건을 하나둘씩 깎아내서
지우개를 동전을 사람을
그리고 마음을 깎아내린다

연필깎이는 오늘도 무언가를 깎고 있다

물과 불

김하나

병의 뚜껑을 열어 물로 가득 채운다
물이 가득 찬 병의 입구에
라이터를 가져다 대 불을 붙인다
불이 이길까 물이 이길까
그런 의미 없는 행동을
우리는 매번 반복한다

빗자루

김하나

먼지가 쌓이든 쌓이지 않았든
어딘가에서 흘러나오는 감정을 청소한다
이 집의 주인에게 도움이 되길 바라며
누군가의 마음속 빗자루는 오늘도 청소하고 있다

파리

이연진

처음 눈을 떴을 때는
나는 애벌레에게 붙어 있었다
붙어서 뭘 했는지는 애벌레가 알고 있지 않을까

얼마 지나지 않아
나는 애벌레를 먹었다
나의 옆에도 나와 같은 아이들이 같이 먹고 있었다

내가 몸을 뒤집고 뒤척이며
다른 애벌레들을 향해 앞으로 나아갔다

배가 부를 때
나는 내가 굳어간다는 것을 느꼈다
다른 아이들도 단단해져 있었다

눈을 떠보니 단단했던 아이들이 많이 없어졌다
개구리에게 먹혔을지 날개가 났을지는 모르겠다

나는 날아서 맛있는 냄새가 나는 곳에 앉았다
커다란 깡통 위에 여러 색을 띄는 음식이었다
손을 비벼서 깨끗이 한 뒤
나는 그것들을 빨아 먹었다

어느 날은 거인들이 가득한 커다란 공간에 들어갔다
한 거인의 앞에 갔을 때 나는 무척 빠른 묵직한 돌덩이를 보았다

계절의 흔적

이하윤

적색 빛 가을 하늘 아래
손이 닿으면 바스라질 듯
시들어버린 낙엽

단풍 빛 가로수길이
가을 바람을 지나
차가운 풍경이 되어갈 때쯤

다시 하늘에 피어나는 눈꽃
그마저도 손이 닿으면 녹아버려
바라만 보게 되는 꿈

모든 낙엽은 떨어지고
영원할 듯하던 것은 멀어지듯이
늘 곁에 머물 수만은 없는 것

낮은 목소리

이하윤

나지막이 들려오는 따뜻한 소리
부드러운 주파수는 더 잘 들린다고 했던가
왠지 아득한 곳까지 닿는 것 같아

큰소리를 들으면 하악 거리는 고양이를 봐
잔뜩 미간을 찌푸린 표정으로 노려보잖아
경고하는 게 틀림없지

옹알이를 하며 아빠를 반기는 아기를 봐
기대하는 표정으로 기어 오잖아
낮은 목소리를 더 잘 듣는대

주변을 감싸는 너의 헤르츠
끝없이 연결되어 맴돌아

하늘 바라기

이하윤

한 계절 뜨거운
그를 바라보는 일편단심 해바라기

그리 되고 싶다는 동경일까
그저 바라만 보는 걸까

그럼 나는 하늘을 바라봐야지
어떤 마음인지 모르겠으나

그냥 더 높이
조금만 더 높은 곳으로

On Air

김애리

또 찾아뵙게 되었군요

서서히 곁을 떠나며

날려가는 밤이네요

별들이 새를 차마

피하지 못하고

잡아먹히는 밤,

쉬어가는 밤이네요

질리도록 끌고 온 인생에

한 토막 휴식을 취할 수 있겠군요

아이는 온돌방에서 토닥토닥 잠들어가고

산등성이도 외로워보이진 않네요

청취자 여러분과 함께 해 더 든든한 밤입니다.

너의 세상

김애리

가끔 길 위를 걷다가
쓸데없는 생각을 지워내
쓱싹쓱싹 머릿속 꽉 찬 휴지통을 비우고

행복한 상상을 물에 풀어
자연스레 빛깔이 배어나오게 하는 거야

땅바닥을 만들고 생명을 건네주어
땅과 바다가 숨 쉬는 소리를 느껴
가끔 흐느끼는 구름 한 자락도 놓치지 않고
모두 다 품속에 꼭 끌어안아

네 머리에서 가상 세계를 피워내
그 세상의 주인은 너니까 부담 갖지 말고
그냥 손짓 한 번이면 생겨나니까

숨 쉬는 것 하나까지도 신중하게
그냥 진행될 만큼 간단한 일은 아닌 걸

힘겹게 손 올려 겨우 해내던

네 모습은 없어 더 이상

오로지 네 세상을 창조하는 거야

현대인

　　　－ 끝없는 자아 성찰과 자기 비판적 사고 속에서
　　　스스로에게만 갇혀 자신과 타인의 유사점에
　　　무지한 이들에 대한 통찰과 비판

김애리

으스러지는 하늘

이리도 붉을 수 있는가

몸을 배배 꼬는

가식 없는 웃음

웃음을 짓밟고 건너간 그곳엔

숱이 없는 하늘,

구름 몇 점에

훤히 내다보이는 세상

다를 줄로만 알았지

그 경계 속에서

우리들은

결국은

다를 게 없다

똑같이 아파하고
똑같이 슬퍼하고
똑같이 굶주리고
자책하고, 괴로워하고
스스로를 상처입힌다

똑같이 외로워하고
똑같이 실수를 하고
똑같이 당황하고,
자기만의 꿈을 품는다

똑같이
무리 속에서
아등바등 살아간다

은방울꽃에게

김예미

난 그날, 너를 삼켰어

우리 어머니는 내 손을 놓지 않았어

수류탄이 터지고

사람들은 쓰러지고

살덩이 산이 만들어지는 그곳에서

누군가의 몸을 찢으러 덤벼드는 금수들이 들끓는 그곳에서

우리 어머니의 등에 붉은 꽃이 피었어

어머니는 금붕어처럼 계속 뻐끔거렸어

하지만 나는 살덩이 산의 일부가 되고 싶지 않아서

어머니 허리를 발로 막 밟았어

근데도 손이 안 떨어졌어

이미 딱딱하게 굳었는데 눈이 계속 나를 보고 있었어

까뒤집힌 눈

피로 물든 저고리

우리 어머니는 내 등에도 붉은 꽃이 피길 바랐나

한참 달려

개처럼 기어

아무것도 모른다는 듯 흔들리던 너를 보고

언젠가 어머니는 날 보고 그랬어

너는 틀림없이 행복해질 거야

갑자기 그런 생각이 들었어

너를 삼키면 내게도 꽃이 피려나

난 그날 너를 삼켰어

심장에

흰 꽃이 피었어

죽은 노래

김예미

오월은 푸르구나 우리들은 자란다

즐겁게 노래하던 아이들이 말라비틀어진 낙엽처럼

힘없이 쪼그라든다

헤실헤실 웃으며 과자를 먹던 아이들이

영문도 모른 채 하이얀 미소를 품고 바스라진다

아이들의 미소 보며 즐거이 웃던 어미는 차라리 나도 쏴서

뒈지게 해달라며 춤을 추다가 미동도 않는 아이를

감싸안고 스러진다

아가, 엄니 손 놓치믄 안 디야. 즐대 안 디야

겁에 질린 아이의 눈동자를 어미는 차마 보지 못한다

한 걸음 더 내디뎠을 때, 탕-! 하는 소리

어미는 제 살을 꿰뚫는 고통에도 그저 괜찮다고 속삭인다

엄니 괜찮어…… 괜찮어, 괜…….

목소리가 점점 흐려지고 결국 완전히 멎어버렸을 때에도

아이는 상황을 이해하지 못한다

아이가 어미 손을 놓으려 몸부림친다

그러나 어미 손은 아이에게서 떨어지지 않는다

허옇게 치켜뜬 어미의 눈을 보고 아이가 울부짖는다

아가

내 새끼

금쪽 같은 내 새끼

엄니가, 엄니가 평생 지켜줄껴.

탕-!

붉은 것이 아이의 시야를 가린다

아이는 끝내 어미 손을 놓지 못했다

실핏줄 울뚝 솟고 허옇게 질린 어미 손을

아이는

끝까지

끝까지

바라보았다

언니

김예미

언니 기억나시오?

그때, 나 소풍 갈 제, 언니가 나헌티 도시락 싸 준다고

고 섬섬옥수로 밥풀떼기를 급나게 주물러서 주먹밥 해 줬잖어

나가 그거 억시로 맛나게 먹었다오 참말로 맛나드만

기냥 밥에 챔기름 몇 방울 늫고 산나물 쪼까 뜯어는 게 단디,

우쩜 그리 맛있었나 몰러

언니 기억나시오?

나가 그때 골목대장 막순이한테 디지게 터져불고 온 날

언니가 내 얼굴 보고는 언년이 이랬냐고 펄펄 뛰었잖어

결국 막순이랑 갸네 언니까지 잡아 족쳐불겠다고 허고는

나 상처에다 된장 발라 줬제

아따, 고 냄새가 아주 기냥 죽여주더만!

근디 나는 언니가 나 생각혀서 그란 거 아니께 고걸

딱지도 않긴 혔다마는 다른 의미로

아주 죽을 맛이었어

언니 기억나시오?

밤에, 나가 혼자 자기 무섭다고 언니 이부자리로 가믄
언니가 겁쟁이라 놀림서도 나 잘 때꺼정 노래 불러 줬잖어
아따 울 언니 목소리 허벌나게 고와서 아주 꾀꼬리가 울겄다고
막 그랬제 그거 아부 아니었어라 언니 목소리는 진짜 곱당께
꼭 부잣집 아씨맹키로 고와
그래가 무섭지 않아도 자주 언니 방 갔었는디,
다 알면서 기냥 봐 준 거제?
나가 고걸 이제 알아부렀어 미련하게
언니, 언니가 하늘 보는 거라믄 사족을 못 쓰는 거
나가 세상에서 젤루 잘 알지마는
그래도, 그래도 하늘로 갈 필요는 없었잖어
뭐, 한 해 중에 젤 하늘 이쁜 오월에 갔응께
보고 싶은 풍경은 원없이 봤겄지마는
개처럼 기며 살믄서도 언니 주먹밥 먹으믄 좀 살 거 같고 그랬는디
오늘내일 사람이 피칠갑 하고 쓰러져도
그게 우리 언니는 절대 아닐 줄 알았제
대가리에 총구녕 나도 언니는 언니니께 나 무습다 하믄
전처럼 꼭 안아줄 줄만 알았구먼
나가 대갈통에 피 흘리믄 전처럼 된장 발라 줘야 허는디
언니가 요로코롬 누워 있으문 이제 누구헌티 된장을 찾어
막순이보다 더한 연놈덜이 이젠 내 모가지를 노리고
눈깔을 굴려 싸는디
왜 같이 화내주질 않어

언니 좋아하는 꽃 냄시가 아주 코가 애릴 정도로 징허구만

뭐시가 그리 급해갖고 헐레벌떡 갔당가

그래 그래가 언니 거기서는 꽃 향기가 좀 전해질랑가 모르겠네

거기서도 내 얼굴, 잘 보이능가?

제인 오스틴

박수현

애정 없는 생활은 못 하고
애정만 있는 생활도 못 하지

고작 한 걸음만 걸어가면 결승점
하지만 흰색 선 앞에 멈춘 투박한 두 발은
틀림없는 의지이기에

비록 꽃봉오리에 머물러
나비와 벌들을 유혹하진 못 했지만
벌새의 시선이 널 향하지 않아도

꽃봉오리는
찬란했음을
단언할 수 있기에

새순에서 꽃봉오리로 만든 이슬 한 방울이
누구보다 널 빛나게 해줄 것을
단언할 수 있기에

화사하게 만발해야만 아름다운 꽃이라는 법이 없으니깐

그래 제인 오스틴처럼.

－영화 '비커밍제인'의 대사 참고

드림캐처

박수현

촘촘히 겹겹이

바람만이 지나간 구멍

정어리도 못 빠져나갈 그물

그물 사이로 지나온 바람이

살랑살랑 춤추게 할 깃털

상냥한 새가 흔쾌히 건네준 깃털

비록 발자국에 못 미칠지라도

지구를 세 바퀴 감을 만큼 커다란 살랑거림이

앞머리를 정돈해준다

시커먼 그림자가 네게 닿지 않도록

악몽을 야금야금 마신다

마비에 걸린 듯 두 손 두 발이 점점 무거워지고

깃털 끝이 점점 시커매져도

바람에 몸을 맡기는 일만큼은 멈추지 않아

살랑거리기만 하면

목도리 뜰 실은 충분하니까

난 늘 너의 안온이 되리

원효대사

박수현

갯벌 진흙을 물에 푼 듯한

구린내 나는 한 바가지

온 세상 먼지 다 끼일 것 같은 얕은 눈가 주름으로

내 두 손에 고이 쥐어주기까지 했으나

나는 인상을 찌푸리며 바가지를 엎어버렸다

어머니의 얕은 눈가 주름사이로 떨어진 이슬이

땅을 적셔

오 년 만에 일구어 낸 산세베리아 꽃 하나

아버지의 굽은 등이 만든 그늘에 태어난 노란 나비들이

일 년간 건조시키고

잘게 빻아 탕약으로 달인 것을

그 귀한 것을 아무런 고민도 하지 않고 나에게 준 것을

시커먼 색깔이 아니라

모든 색깔이 섞이면 검은색이 되듯

모든 것을 주고 싶어 다 넣다 보니 나타난 영롱한 검은 빛을

이제 보니 그 바가지는

진흙탕이 아니라 하늘을 나는 신발이었음을

내가 이 모든 것을 알아차린 다음 날 아침 여덟시 삼십사분

아마 원효대사도 이때 잠에서 깨지 않았을까 싶다.

저녁

서나연

까마귀의 짧은 외마디 울음이 지나가는 저녁 무렵이었다
길모퉁이에 자리잡은 종갓집은 문을 열어 장사 준비를 시작하고
영업 사원들은 날이 저무는 것과는 상관없이 두 다리를 벌려
뛰어다니고
일찍 준비한 음식 냄새는 창문 새로 집으로 돌아올 아이를
마중하러 나왔고
도로 옆에 일렬로 늘어선 가로등들은 부지런하게 하나둘씩
차례로 깨어나기 시작했다

나는 바쁘게 타오르는 것들을 뒤로한 채 조바심에 쫓기면서도
느긋이 거리를 걷고 있었다
활기차게 움직이는 저녁에 발을 담글 때면
두 어깨에 가해지는 중력의 힘이 강해져 아래로 무너지는
느낌이었다
저녁이 되어 내려가는 건 태양일 터인데 내려앉는 건
태양이 아닌 나였다
나에게 붉게 비춰지는 타인의 삶을 곱게 받아들이지 못한 채로
저녁의 부서지는 조각에 나를 끼워 맞추지 못하고 조각에

긁히기만 했다
넓게 부서져서 다치는 것은 내가 아니라 이 시간의 저녁이라
멋대로 생각하고
나를 감싼 코트 주위로 스며드는 어둠에 눈을 감았더니
불안이 쏟아졌다

어린이집 정원 앞에서 피어난 백일홍은 입술을 깨물어 붉은
저녁을 그리고 있었다
나에게서 흘러나온 구제할 수 없는 무기력함이 저녁의 냄새에
바람에 풍경에 다 담겨 있었다
뜨겁게 피어나는 하늘과 지는 태양이 흔들려 허공에서
불티를 일으켰다
타오르는 저녁 나는 혼자 일몰하고 있었다

나진역에 나와

서나연

호랑이는 요통이 심해졌는지
꼬부라진 허리를 부여잡은 채
끙끙 몸부림치며 서럽게 울부짖는데

사랑하는 사람아,
내 육신은 노동에 헐어지고
내 마음은 그리움이 찢어발겼지만
너를 기억하는 들에는
흠뻑 푸른 희망이 적셔져 있단다

저기 저 바람에 기우는 목란도 외로워 나와 같이 노래부른다
두 뺨에 스치는 아찔한 숨결에 너의 대한 울부짖음도 담겼을까
지금 내 머리칼을 스치는 바람이 너에게 닿을런지

난 나진역에 나와
내 낡은 염원 한 줌 바람개비 도는 자리에 불어본다

평화의 땅에 햇살이 잔뜩 비치는 아침이 오길

우리 두 손 맞대어 부러진 호랑이 척추를 어루만지고
담장 너머 소요산에 목란꽃 아득히 맺히기를

차가운 쇳소리가 잦아들면
그 아래 총알에 패인 흉터가
욱신거릴 테지만

오래된 가시덤불을 치우면
서로의 마음위에 박은 못자국이
고스란히 드러날 테지만

참 길고도 요란하였다
이 한 마디에 웃음이 맺히는 날이 오길

오늘도 난 나진역에 나와
내 낡은 염원 한 줌 바람개비 도는 자리에 불어본다

포장

서나연

포장은 지하 도시의 냉전을 품고 있었다

나 살다가 군장을 내려놓은 맨 몸이 될 때

단단한 콘크리트로 하나하나 쌓아올린 곳

적은 속을 알아 볼 수 없는

아군마저도 빗겨 지나쳐가는 곳

나조차도 벗길 수 없는

뜯기지도 허물어지지도 않는 지하 도시의 방벽이었다

나 살다가 무너지면

다시 기어서라도 오르려고

작은 품안에 커다란 몸을 밀어 넣으며 살았다

총을 장전한 부대는 방벽을 넘어 안으로 치고 들어왔다

두개골이 깨지고 심장에서는 광음이 울려 퍼지는데

껍데기뿐인 방벽은 아무런 무기도 내게 쥐여 주지 못했다

지하 도시에는 볕 들 날도 없이

포장은 벗겨지는 마지막 순간까지 내 안에 갇혀 있던 방패였다

장화

조수현

구름의 지친 어깨, 늙은 하늘이 창백한 날 그의 병실을 찾는다. 살면서 맑은 날 한번 없던 혈육이었다. 마스크를 벗은 내 얼굴을 보고 보기 드문 미소를 지었던 그는 내 상처를 향해 살며시 비를 내리려 한다. 늘 그랬듯이. 비에 젖어 고개가 푹 숙여진다. 상처 아래로 스며든 짠내가 쓰라리다.

그는 나를 위한 말이라고 했지만 나는 내 장화에게 버림받지 않으면 그만이었다. 이제 와서 장화를 옮기다니 말도 안 되지. 아무나 못 신는 장화인데… 엿새 째의 장마, 역병은 진행중. 죽기 전까지 화창해질 수 없는 가족. 나는 새하얗게 질린 아버지를 모시는 깔창. 헤지고 바랜 깔창.

병실에 빗물이 차오르기 시작한다. 아아 다음은 우리겠구나. 아마 내 아래에도 가라앉았으리라. 낡은 하이힐과 투박한 작업화, 학생용 슬리퍼가 영영 가라앉았으리라. 천 마스크와 악취가 풍기는 낡은 마스크가 물 위에 둥둥 뜨리라. 병실 입구에는 더욱 가라앉았겠지. 그러니 남은 깔창들의 시체는 어디서 발견되든 좋다. 누가 먼저 죽든 결국 깔창. 그의 침대 기둥과 나의 발목이 고이 잠들어간다. 어렵게

구한 장화에 이번에는 고립의 곰팡이가 피고……

　까마득한 어린 시절 나는 예쁜 붉은 장화를 신고 있었다. 그의 목마를 타다 맨바닥에 넘어졌을 때 나는 내 장화 안에 고인 빗물을 바라보며 꺾인 갈대 같이 울었지. 어엿한 장화였던 우리는 도로 깔창이 되었다. 빗물이 찬 자리에 내 몫은 남아 있지 않았다.

바래다.txt

조수현

언젠가 말했지 낡은 것들에는
예전의 색이 보이지 않는다고

그래서,
창안(蒼顔)을 내다 보는 파란 새도
천리안도 뿌옇게 되어버린 거야

고무로 된 마우스가 있었지
어항처럼 볼록 튀어나온 모니터도
나는 바랜다 그날 내다 버리던
오래된 컴퓨터처럼 뿌옇게
바래버리겠지

불빛을 내는 마우스가 있었더라면
고양이와 쥐의 먹이사슬은 크게
바뀌었을 거야 그때도 바랬지
모니터가 유리창처럼 납작해지면
들고 가다가 떨어뜨려 산산조각

무너져버릴 거야 그때도 바랬어

언젠가 말했지 낡은 것들은
그걸 기억하는 사람들에게만
뿌옇지 않았던 나날이 보인다고
빛이 바랜 노인의 두 눈으로
오랜 시절을 볼 수 있게 된다고

지금 이 허연 화면에도
어느새 먼지가 쌓이고 있다

거실의 해마

조수현

무선 청소기는 해마(海馬)였다

전생에 굶어 죽어 한이 되었는지

바짝 입술을 붙여 울어대는 것

맥없이 빨려온 집안 세월들이

사라짐을 앞두고 엉켜 늙어가는 곳

불어터지지 않는 입술과 매가리 있는 몸

속이 가득 찰 때까지 영원할 흐릿함이었다

잠잠한 파도도 폭풍을 안고 살듯이

더는 바닥에 옛것의 먼지가 없다면

언젠가 다시 내 눈앞에 쌓이라고

구석에서 소리지를 날을 기다렸다

볕 들 날도 없이

해마는 마지막 한 방울까지 해마였다

음계

천서현

도레미파솔라시도
도시라솔파미레도

시작에서 시작까지
얼마나 많은 시간이
있어야 하는 걸까

시작에서 출발해
시작에 도착해도
다시 시작에서 출발해
다시 시작에 도착한다

우리는 시작이 아닌
다른 어딘가에 다다를 수 있을까

늘 다니는 도와 도 사이의
흰 건반들 대신
밟을 수 있을 지 궁금한

검은 건반에 다다를 수 있을까

도레미파솔라시도
도시라솔파미레도
를 넘어

디리피실릴
세랄셀멜렐
이 될 수 있을까

장마

천서현

산들에게만 허락된
공중목욕탕이 열렸다

샤워기로 나뭇잎들을 감고
흙을 흠뻑 적신다

산의 동물들은 비를 피해 숨고
계곡들은
제 주위의 노폐물들을 씻어내린다

계곡이 닿지 않는 곳의
불어난 흙들을 마저 밀어내고
사우나에 잠시 들어간다

습식 사우나밖에 없지만,
동물들에게 기나긴 비의 마지막을
알리기 위해 반드시 거치는 곳이다

한번 밀어내느라 엉망이 되어버린
흙들을 정리하며
다른 산과 이야기를 하다 목욕탕을 나선다

여름에 짧으면 일주일,
길면 한 달 남짓 열리는
대중탕도 없고
젖은 흙과 나뭇잎을 말릴 수도 없지만

선택받은 산들만 출입이 가능한
태풍 목욕탕을 제외하면
우리에게는 유일한 공중목욕탕

내가 위치한 지역은
태풍이 닿지 않는 곳

이 장마가 끝나고 다음 장마가 올 때까지
기다리기 위해
나의 자리로 돌아간다

개기일식

천서현

맑은 날
연주를 하기엔 더 없이 좋은 날
나는 트럼펫, 너는
바순을 들어
이름 없는 협주곡을 연주해보자

그늘진 날
달은 해를 가리고
나는 바이올린, 너는
오보에를 들어
가사 없는 가곡을 연주해보자

달에 가려진 해는 울고
나는 피아노, 너는
첼로를 들어
해를 위한 장송곡을 연주하자

빗소리는 춤을 추고

우리는

잊혀진 것들의 무곡을 연주하자

고민

편서진

고민이란 건 촛농과 같다
뜨겁고 묵직하게 흘러내리니까
내 몸에 진득하게 달라붙어 떨어지지 않으니까
그러나 시간이 지나면 그건 나를 받쳐주는
단단한 뿌리로 굳어지니까

때론 불씨 같은 경험이 필요하다
뜨거운 촛농을 견디고
그 견딤이 누군가에겐 희망이 된다
타오를수록 길이는 짧아지지만
뿌리는 더 단단해진다는 것을

꿈

편서진

밤은 시간여행이었다
무거운 눈꺼풀이 안내하는
잊고 지냈던 기억의 저편
꼬불한 뇌의 구석 깊숙이도 꼽힌
일기들이 하나씩 재생되는 곳
깨고 나면 아릿한 기억으로 남는
오래된 노래였고 그리운 향기였다
졸린 눈을 비비며 고개가 기울어질 때쯤
하품은 나를 데리고
오래된 열쇠로 기억의 문을 열었다
가끔 찾아오는 시간여행은
달이 뜨는 동안만 운행하는
과거로의 티켓이었다

다른 사람들

편서진

우리는 너무 달랐다

아주 사소한 깃들도 눈에 거슬리기 시작했다

소리를 내야 음식이 넘어가는 인간

아무 데서나 머리를 빗는 인간

허물을 아무렇게나 벗어 놓는 인간까지

내 눈엔 모든 것이 부스러기였다

누군가는 귀를 닫았고

누군가는 입을 닫았다

또 누군가는 생각하기를 멈췄다

이제 더는 너랑 말하고 싶지 않아

네가 도저히 이해가 안돼

우리의 대화는 등을 맞대고 한없이 달렸다

같은 공간에 다른 우리

너를 향해 뱉는 건 칭찬보다는 덧칠

나라는 색에 우리를 맞추려 했다.

하지만 각자 다른 우리 속에서 살아왔는 걸 어쩔 거야

우리에게 필요한 건 이해가 아니었다
그냥 다른 색을 인정하는 것이었다

시선의 각도를 넓혔다
우리의 거리를 좁혔다
그렇게 다른 우리는 또 하나의 우리가 되었다
그리고 사실 너무 닮아 있었다
너에게서 내가 보였다

산문

지금은 전화를 받을 수 없습니다

강선우

나는 책상 위에 종이컵 서너 개를 쌓아 쓰레기통에 버렸다. 사흘 연달아 밤을 새우니 피곤함이 몰려와 불을 끄고 침대에 누웠다. 일곱 시로 알람을 맞춰두고 막 잠이 들려는 찰나 눈치 없는 휴대폰은 쉴 새 없이 웅웅 거렸고 나는 홈버튼을 눌러 전원을 꺼버렸다. 그러면 안됐었는데. 나는 잠깐 우리 엄마가 어떤 사람인지 잊고 있었다. 몇 시간을 잤는지도 모를 만큼 정신없이 잠에 빠진 나를 깨운 건 아파트가 떠나가게 내 이름을 부르는 엄마 목소리였다. 나는 너무 놀라 일어나다 침대헤드에 머리까지 박았다. 침대에 걸터앉아 오늘은 또 왜 이렇게 화가 나셨을까 하며 머리를 굴려봤지만 아무리 생각해도 이유가 없었다. 심지어 오늘은 기도가는 날도 아니다.

"최진솔 너 왜 전화를 안 받아. 또 엄마 미치는 꼴 보고 싶어서 그래?" 설마요 엄마. 그건 내 인생에서 다섯 손가락 안에 꼽을 최악의 일이었는걸요. 근데 이번엔 또 왜 오셨어요? 엄만 오빠 사고 칠 때랑 기도 드리러 갈 때 말곤 연락 안 하시잖아요. 많은 말이 입안을 맴돌았지만 내가 할 수 있는 말은 "죄송해요." 한마디뿐이었다. 엄마는 핏대까지 세워가며 소리를 지른 탓인지 한층 피로해진 얼굴로 벽에 몸을 기댔다. "네 오빠 사고 쳤다. 이번엔 상대방 부모도 쉽지 않아.

합의금 사백은 받아야 된다나 뭐라나." 자기 아들 얘기를 어떻게 저렇게 남 얘기하듯이 말하는 건지. 그건 그렇고 나보고 뭐 어쩌라는 거지? 저번처럼 아빠한테 부탁하라는 소릴까. "그런데요?" 내 대답을 들은 엄마는 기가 찬다는 듯 웃더니 이내 다시 소릴 지른다. "그런데요? 그런데요는 무슨 그런데요야 네가 해결해. 아빠한테 전화를 하든 그 부모 앞에서 무릎이라도 꿇어보든. 그런 거 잘 하잖아 너."

불현듯 작년의 악몽이 떠올랐다. 전에도 엄마는 내게 이런 부탁을 했었다. 부탁이라 하기에도 우습지만 말이다. 작년 여름, 그러니까 딱 이맘때 전화로 오빠가 사고를 쳤으니 백만 원을 준비하라는 액정 너머 엄마의 목소리가 아직 기억난다. 엄마가 집을 나간 뒤 장장 일 년 만에 내게 한 첫 연락이었다. 내가 매일 보내던 정성스러운 메시지를 그렇게 무시하길래 나는 엄마가 내 번호를 차단한 거라 굳게 믿고 있었다. 그렇게 끊긴 연락이 재개된 이유가 고작 저런 거라 생각하니 웃기지도 않았다. 황당함에 전화를 끊은 나에게 엄마는 이게 장난 같냐면서 지금 내가 직접 받으러 가겠다고 막무가내로 메시지를 보냈다. 메시지는 오타 투성이었다. 아니, 제대로 된 글자 수를 세는 것이 더 빠를 만큼 엉망진창이었다. 헛웃음이 났다. 평소에 오타는커녕 반점, 온점까지 정확하게 찍는 엄마였다. 한순간이었지만 엄마를 흐트려 놓은 오빠가 미웠다. 그렇게 제자리에서 한참을 넋 나간 사람처럼 앉아 있었다. 겨우 정신을 붙잡고 엄마에게 다시 전화를 걸려는 찰나 다급한 도어록 소리가 적막으로 가득 찬 집안에 울려 퍼졌다. 엄마였다. 우리 집 비밀번호 바꾼 지가 언젠데, 지금 뭐 하자는 거예요 엄마.

현관문을 열자 엄마는 당연하다는 말투로 돈은 준비됐냐고 물었다. 나는 그런 큰돈을 지금 바로 주기엔 어렵다고 말하고 아르바이트 갈 준비를 했다. 옷을 챙겨 입고 거실에 있는 엄마를 지나쳐 나가려는데 엄마는 어린아이처럼 거실 바닥에 주저앉더니 돈을 주지 않으면 한 발자국도 움직이지 않겠다고 말했다. 나는 그런 엄마의 모습은 여태까지 한 번도 본 적이 없었기에 꽤 많이 당황했다. 그렇지만 이미 알바 시간에 늦어 엄마까지 신경 쓸 겨를이 없었다. 서둘러 집을 나와 엘리베이터 버튼을 눌렀다. 엘리베이터를 나옴과 동시에 오빠에게 연락을 하기 위해 핸드폰을 들었다. 이내 여자 비명에 놀라 핸드폰을 떨어트릴 뻔했지만 말이다.

"아씨, 이거 약정 한참 남은 건데 큰일 날 뻔했네. 그나저나 누구야 이 대낮에?"

소리를 지른 건 옆집 아주머니였다. 아주머니는 엘리베이터에서 나오는 날 보더니 사색이 되어선 소리쳤다.

"학생, 저기 학생 집 아니야?"

덜덜 떨리는 손가락이 가리키는 곳은 다름 아닌 우리 집이었다. 앞 베란다 난간에 엄마가 아슬아슬하게 걸터앉아 있었다. 나는 내 반사신경이 그렇게 좋은지 그때 처음 알았다. 단숨에 칠층을 뛰어올랐더니 폐가 찢어지는 것 같았다. 귀에선 내 심장 소리밖에 안 들렸고, 목에선 피 맛이 올라왔다. 뛰다 한쪽 신발이 벗겨진 것도 한참 뒤에야 알았다. 엄마는 아빠한테 전화해서 백만 원을 받기 전까진 절대 여기서 내려오지 않겠다고 나에게 협박했다. 지금 생각해 보면 그냥 경찰, 아니 경비원을 불러 제재했으면 됐을 일이었다. 하지만 그래도 가족이니까. 나는 아빠에게 전화를 걸어 울면서 부탁했고, 백만 원을 얻은 엄마는 뒤도 돌아보지 않고 집을 나섰다. 나는 그 자리에서 한참을 울었다. 그리고 그날 알바는 잘렸다.

그날 이후로 엄마는 종종 저런 식으로 내게 돈을 달라고 했고 나는 대학을 가기 위해 모아둔 돈을 줄 수밖에 없었다. 아빠에게 부탁하긴 죽어도 싫었다. 아니, 너무 미안해서 차마 다시 부탁할 수가 없었다. 돈이 부족하면 상대 부모 앞에서 빌었다. 비굴하게 바닥에 붙은 껌마냥 납작하게 엎드려서. 그럼 열에 아홉은 나를 불쌍히 여겨 적당히 합의를 봐줬다. 나는 그럴 때마다 엄마를, 오빠를 죽이고 싶다는 생각이 충동적으로 들곤 했는데 생각만 하기로 했다. 그래도 가족이니까. 종종 저렇게까지 해도 안되는 부모도 있었다. 그러면 아빠에게 전화를 걸어 부탁했다. 그 누구보다 열심히 살았던 나였기에, 그리고 그런 나보다 더 열심히 살던 아빠였기에 나는 전화를 걸 때마다 그냥 콱 죽어버리고 싶었다. 하지만 아빠는 항상 전화를 끊은 지 오 분도 채 되지 않아 돈을 보내줬고 엄마는 그게 당연하다는 듯 여겼다.

나는 잊고 지내던 그날이 생각나 눈을 질끈 감았다. 오빠에게 전화를 하기 위해 휴대폰을 들었다.

"아빠한테 전화하니?"

"아니요. 오빠한테 하려고요. 이번엔 액수가 너무 커요. 저번 달에도 오십만 원 드렸잖아요."

말이 끝나기가 무섭게 엄마는 소리를 질렀다.

"오빠한테 전화해서 뭐 하게 무슨 사고 쳤나 묻기라도 하게? 너 너네 오빠 성격 몰라서 그러니?"

제가 그걸 모를 리가 있겠어요. 정상적인 사고를 가진 인간이라면 이렇게 한 달에 한 번꼴로 합의금을 무는 사고를 치진 않겠죠. 대꾸할까 하다 괜히 입만 아플 것 같아 관뒀다. 머리가 지끈 아파졌다. 돈은 이번 주 안으로 마련해본다고 하고 나가서 좀 걸어야겠다. 이번 주 안으로 어떻게든 준비해 볼 테니 오늘은 이만 나가달라고 막 입을 떼려던 차 엄마는 내 앞으로 와 내 이마를 툭툭 밀며 말했다.

"너 쓰레기통 보니까 또 종이컵이 한가득이더라? 너 또 밤새워서 공부했지. 공부고 뭐고 다 필요 없어 진솔아. 그냥 우리 하늘님에 대한 믿음, 그거 하나만 있으면 돼. 하늘님 믿는 사람은 언젠가 다 성공하게 돼 있어."

웃기지도 않는다. 이젠. 쓰레기통은 또 언제 뒤지셨을까. 그러고선 갑자기 빨리 단정한 옷으로 갈아입으란다. 왜냐고 물으니 당연하다는 말투로 하늘님께 회개 기도를 드려야 한단다. 그놈의 회개 기도. 신물이 난다. 잘못을 한 건 오빤데 왜 내가 용서를 빌어야 하나요. 묻고 싶었지만 참았다. 그래도 가족이니까. 사실 기도에서 오빠를 용서해달라고 빌진 않았다. 나는 매번 오빠가, 엄마가 우연히 죽어버렸으면 좋겠다고 빌었다. 정말 어느 때보다 간절했고 엄만 그걸 보고 퍽이나 감동받았나 보다. 그 어느 때보다 간절한 내 기도는 닿지 않았지만 말이다. 이걸 다행이라고 해야 하나.

작년 여름 저 말도 안 되는 일이 일어난 후 엄마는 뻔뻔스럽게도 내게 주기적으로 연락을 해왔다. 연락의 목적은 회개 기도 였는데, 퍽 어이가 없었다. 회개 기도를 드리자는 메시지를 약 일주일 정도 무시하니 엄마는 나를 직접 데리러 왔다. 이번에도 거절하면 저번과 같은 일이 생길 것만 같아 나는 그냥 엄마를 따라나섰다. 나는 당연하게도 성당 아니면 교회라고 생각했다. 하지만 내 예상과 다르게 엄마의 발길이 멈춘 곳은 정체를 가늠할 수도 없고, 허름하기 짝이 없는 건물 앞이었다. 찜찜했지만 문 앞에서 돌아갈 순 없으니 건물 안으로 들어갔다. 들어갔더니 예상외로 깨끗하고 밝은 내부에 나름 안심했다. 기도실이라고 적혀 있는 방문을 여니 군데군데 놓여 있는 성모 마리아 상과 큰 십자가 하나가 눈에 띄었다. 내가 괜히 괜한 생각을 했나보다 하고 손을 모으는 찰나, 뭔가 이상했다. 십자가를 자세히 보니 거꾸로 뒤집혀 있었다. 내가 잘못 봤나 싶어 눈을 비비고 다시 봤지만 십자가는 여전히 뒤집혀 있었다. 그리고 오늘은 수요일이다. 게다가 지금은 저녁 열한시. 그런데 여긴 비정상적으로 사람이 몰려 있다. 마치 오늘이 예배일인 것마냥. 순간 온몸의 털이 쭈뼛섰다. 빨리 여길 나가고 싶다고 생각하며 기도 시간이 끝나기만을 기다렸다. 마지막에 목사가 마무리 기도를 하는데 난 정말이지 당장 뛰쳐나가 울고 싶었다.

나를 지으신 하늘님, 우리를 지으신 하늘님, 우리가 하늘님을 높여드리기 원하고, 하늘님을 찬양하기 원하고, 하늘님께 우리의 존재 자체를 드리기 원합니다. 우리의 존재 전체로 하늘님을 찬양하며 하늘님께 간구합니다. 하늘님이 원하시는 삶을 살기 원합니다. 우리의 경배와 찬양을 받아주소서. 아멘

"……아멘."

떨리는 입을 겨우 떼 한마디 했다. 멀쩡한 신한테 회개 기도 드리러 가재도 비웃을 판에 사이비라니 정말이지 정신이 나갈 것만 같았다. 일

년 사이에 엄마는 왜 이렇게까지 무너진 걸까. 불현듯 오빠가 미웠다.

난 신을 믿지 않는다. 부질없고 허구한 날 말이나 달리하는 거지 같은 그런 건 쓸모없다. 난 일 더하기 일이 이라는 거랑 월요일 다음은 화요일이란 거, 시시하지만 영영 변치 않는 사실만 죽도록 믿을 거다. 순간 욱해서 짜증을 낼 뻔했지만 최대한 담담하게 말했다.

"오늘은 엄마 혼자 가세요."

이젠 정말 한계다. 토기가 쏠려 제대로 서있는 게 힘들었다. 엄마를 뒤로한 채 집을 나서려는 참 엄마는 황당하다는 듯 쏘아붙였다.

"애, 최진솔, 너 지금 엄마한테 말버릇이 그게 뭐야. 너 오늘 기도 안 드리면 너도, 네 오빠도 용서 못 받아 알아? 지옥 간다고 너네!" 나는 왜 지옥에 가는 건데요, 엄마. 잘못을 한 것도 오빠고 회개 기도 안 드리는 것도 오빤데 내가 왜 용서를 못 받고 지옥에 가요? 오빠야 당장 내일 죽든 말든 내 알 바 아니지만 열심히 살던 나는요. 내가 억울해서 그렇게는 안 되겠네요. 대꾸를 하려던 차 엄마는 곧장 베란다로 달려나갔다. 뒤따라 달려갔지만 엄마는 이미 난간에 반쯤 걸터앉은 후였다.

"너 지금 당장 아빠한테 전화해. 안 그러면 알지?"

오늘만큼은 아빠에게 전화를 걸 수 없었다. 엄마를 붙잡으러 가야 하는데 하면서도 자꾸만 내 발은 현관문을 향했다. 최진솔 너 어디 가 이리 안 와? 엄마 진짜 확 뛰어내려 버린다. 엄마의 발악은 아무래도 들리지 않았고 현관문 손잡이를 잡은 그 순간 나는 충동적으로 뛰어가 엄마를 밀어버릴까 하는 생각도 했다. 하지만 이것 역시 생각만 하기로 했다. 그래도 가족이니까. 그리고 나는 잘 알고 있다. 엄마는 저렇게 쉽게 죽을 사람이 아니라는걸. 속이 메스꺼워 엘리베이터는 타지 않았다. 칠층을 잰걸음으로 내려와 무작정 달렸다. 같은 반 친구의 인사와 끈질기게도 걸려오는 엄마의 전화를 모두 무시한 채로. 그렇게 정말 숨이 쉬어지지 않을 때까지 달렸다. 목은 갈라질 때까지 갈라져 피맛이 나고 폐는 찢어질 것 같이 아팠지만 후련했다.

한참을 숨을 고르던 나에게 엄마 정도 나이대로 보이는 여자가 말을 걸어왔다.

"학생, 얼굴에 근심이 가득해 보여. 혹시 하늘님 알아요?" 그놈의 하늘님, 하늘님. 그렇게 하늘님이 좋으면 저기 보이는 건물 옥상에서 뛰어내리시지 그래요. 그럼 그렇게 뵙고 싶어 하시는 하늘님 당장 뵐 수 있을 텐데. 목구멍까지 차오르는 말을 아꼈다.

"죄송해요. 제가 믿는 분이 따로 계세요."

재수가 퍽 없다. 하늘 님 얘기에 토기가 다시 밀려오는 것 같아 뭐라도 마셔야겠다고 생각해 주변에 있던 작은 마트에 들어갔다.

네 평 남짓한 가게는 매우 좁았다. 나는 냉장고로 가 오렌지 주스 하나를 꺼내 카운터에 올렸다. 천칠백 원입니다. 나는 주머니에서 천 원짜리 두 장을 꺼내 카운터 위에 올려놓고 나왔다.

"거스름돈은 괜찮아요."

오렌지 주스 뚜껑을 여니 단내가 코를 찔렀다. 한 모금 마시니 그냥 물이나 살 걸 하는 후회도 들었지만 꽤 오랜만에 마시는 단 음료는 기분 좋았다. 그렇게 오렌지 주스를 마시며 근처 공원을 돌았다. 한참을 돌다 아까 쉴 새 없이 전화가 오던 휴대폰이 생각나 홈 버튼을 눌렀다. 예상대로 수십 통이 넘는 문자와 전화가 와 있었고 그 모든 부재중의 대상은 엄마였다. 답장을 하려 휴대폰 잠금을 해제하려는 찰나, 전화가 왔다. 역시 엄마였다. 나는 습관적으로 통화 버튼을 누르려다 고민에 휩싸였다. 내가 지금 이 전화를 받으면 어떻게 되는 걸까. 엄마는 계속 돈 달라고 하거나 죽는다고 할 거고 나는? 또 아빠한테 전화해야 하나? 아니면 또 부모들 앞에서 빌어야 하는 건가? 순간 나는 주체하기 힘든 분노에 휩싸여 휴대폰을 공원 가운데 자리잡은 분수대 속으로 던졌다. 그것도 아주 힘껏.

지금은 전화를 받을 수 없습니다 -

그렇게 충동적으로 휴대폰을 분수로 던지고 나는 우습게도 기도를 드리러 갔다. 물론 오늘도 오빠의 용서를 빌진 않을 것이다. 눈을 감고 두 손을 모았다.

엄마가 꼭 뛰어내리게 해주세요 하늘님, 오늘은 정말 간절하니까 꼭 좀 들어 주세요

아멘.

그렇게 기도실을 빠져나와 다시 공원으로 가 걸었다. 한참을 걷다 문득 잔디에 눕고 싶단 생각을 했다. 결국 나는 운동장 잔디에 누웠다. 여름이라도 저녁이 되면 제법 쌀쌀했다. 잔디가 바람에 스쳐 목뒤가 간질거리는 게 기분 좋았다. 잔디에 누워 가만히 눈을 감았다. 긴장이 풀리니 졸음이 몰려왔다. 여기서 잠들면 어떻게 되는 걸까. 어떻게든 되겠지 뭐. 나는 가만히 눈꺼풀을 내렸다.

레몬이 너무 신 탓에

김다희

그림을 포기한 이유는 단순했다. 열등감 때문이었다. 이 열등감은 시험 성적에서 오는 열등감하고는 결이 다르다. 정확한 수치가 나오는 성적과는 달리 예술의 세계에는 숫자가 존재하지 않는다. 입안을 부유하는 감상을 정제하지 않고 그대로 토해내는 사람이 있고, 반면에 그것을 삼키고 듣기 좋은 말을 해주는 사람이 있다. 작품의 가치를 매기는 데 있어 지극히 주관적이라는 뜻이다.

그러나 불행히도 인간은 분명함에 안정을 느끼고 주관적인 것보다는 객관적인 것에 더 목을 맨다. 냉정한 평론가들에게 실력 증명을 구걸하는 예술가들이 널렸다. 나도 다를 바 없었다. 미술 학원 선생님이 내뱉은 감상평 몇 마디에 숨을 참고 입술을 깨물었으니까. 솔직한 자들은 목구멍이 간지러우면 간지러운 대로 거리낌 없이 기침한다. 침방울 속 바이러스에 감염되어 병을 앓는 건 예술가의 몫이다. 안타깝게도 미술 학원 선생님은 상냥하게 돌려 말할 줄 모르는 사람이었고, 나는 혹평을 받을 때마다 숨을 참는 버릇이 생겼다. 감염될 바엔 호흡을 멈추겠다는 오기였다.

내가 다니던 미술 학원에는 연예인 같은 애가 있었다. 그 애를 처음 안 건 열여섯 끝 무렵의 일이었다. 나는 그 애의 얼굴보다 그 애가 A 디자인기업 공모전에 출품한 그림을 먼저 보았다. 정석대로 잘 그린 그림이었다. 체크무늬 식탁보 위로 뱀처럼 흐르는 물줄기를 타는 레몬 세 개. 코발트블루로 칠해진 식탁보는 질감 표현이 좋았고 레몬은 형광 노랑이었지만 전혀 촌스럽지 않았다. 나는 숨을 참으며 그림을 감상했다. 그 그림은 우수상을 탔다고 했다.

그 애를 볼 기회는 생각보다 금방 찾아왔다. 열일곱이 되던 일월이었다. 오늘 우리 반에 새로 들어온 친구야. 복도에 걸어둔 수상작, 얘가 그린 거고. 친하게 지내라. 선생님은 묘하게 들뜬 목소리로 그 애를 소개했다. 고개를 돌려 주변 애들을 보니 선생님의 표정과 다를 바 없었다. 나는 그 애가 직접 자기소개를 하는 동안 온갖 물감이 묻어 더러운 바닥을 내려다보았다. 코발트블루, 형광 노랑, 그리고 쥐색 물감이 말라붙어 있었다. 그 애의 말이 끝나자 여기저기서 박수가 터져 나왔다. 얼결에 그들을 따라 손뼉을 부딪치며 그 애가 서 있을 교실 앞쪽으로 시선을 돌렸다. 의도하지 않았는데 눈이 마주쳤다. 그 애가 이유 없이 입꼬리를 휘었다. 시선을 먼저 피한 건 나였다. 문득 그 그림이 생각났다. 학원 복도에 얌전히 걸려 있는 그림에는 쥐색이 쓰이지 않았다.

올라간 눈매, 차분한 긴 생머리. 모난 곳 없는, 오히려 예쁜 축에 속한 얼굴의 그 애는 자연스레 학원에 녹아들었다. 비굴해 보이지 않을 정도의 사근사근함도 인기의 한 요인이었지만 결정적인 역할을 한 건 그 애의 실력이었다. 당연했다. 그 애는 누가 봐도 좋아 보이는 그림을 그렸으니까. 생긴 것만큼이나 단정한 선을 썼고, 쨍하고 탁한 색을 유연하게 오가며 붓을 놀렸다. 간혹 아쉬운 부분을 지적받을 때 평온히 그 점은 꼭 고치겠다고 대답하는 의연함이 또래 같지 않았다. 암묵적으로 쏟아지는 천재 취급이 익숙하다는 듯 호평에 덤덤하게 구는 모습은 덤이었다.

그날은 유독 그림에 집중하지 못한 날이었다. 나와 입시 준비반 애들은 교실 정중앙에 놓인 과일 모형 주위를 빙 둘러싸 그림을 그리고 있었다. 선생님은 이리저리 돌아다니며 우리를 감시했다. 한참 이어지던 발걸음 소리는 내 주위에서 끊겼다. 얼마 안 가 들고 있던 붓을 뺏겼다. 정신을 어디에다 두는 거야! 눈을 크게 뜨고 내가 그린 그림을 바라보았다. 나는 사과를 코발트블루로 채색하고 있었다. 아, 죄송해요.

그림을 새로 그리는 내내 꾸중을 들었다. 선생님은 내 실력이 컨디션에 따라 심하게 들쭉날쭉 제멋대로라고 했다. 나중에 실기 볼 때도 이 상태로 가면 바로 탈락이야. 입시 준비반 금기어를 선생님은 잘도 내뱉었다. 그럼 컨디션 안 좋아도 멀쩡히 그림 잘 그리는 사람도 있어요? 참지 못해 내지른 말에 선생님은 눈썹을 치켜들고 주변을 둘러보더니 어느덧 학원에 온 지 반년이 지난 그 애를 가리켰다. 왜 없어?

무거운 방관의 공기가 흘렀다. 그 애는 갑작스레 쏠리는 이목에 순진하게 고개를 갸웃거렸다. 주위 애들은 안 그러는 척 나를 힐끗거렸다. 숨이 턱 막혔다. 선생님은 인상을 쓰며 눈가를 문질렀다. 나가서 바람 좀 쐬고 와. 열 식혀야 할 사람은 선생님 같은데요. 미처 하지 못한 말이 입안을 맴돌았다. 군말 없이 자리에서 일어나 앞치마를 벗고 교실을 빠져나왔다. 학원 복도는 조용했다.

학원을 나서려다 그 애가 그린 그림 앞에 가서 섰다. 복도에 걸린 건 원본이 아니라 복사본이었다. 원본의 질감을 느낄 수 없었으나 괜히 손으로 레몬을 쓸었다. 그림 위 코팅된 붉은 종이에는 'A 디자인 기업 공모전 우수상 수상작'이라 쓰여 있었다. 분명 선생님이 붙였을 저 거추장스러운 종이를 떼어내고 싶었다. 그 대신 주머니 속 스마트폰을 들어 그림을 찍었다. 찰칵. 촬영음이 유난히 크고 선명하게 들렸다. 태어나서 처음 도둑질해본 사람처럼 손에 땀이 배었다. 태연히 손을 옷에 문지르고 스마트폰을 바지 주머니에 깊숙이 밀어 넣었다.

다음날, 학원에 가자 예전에는 나한테 말도 안 붙이던 애들이 어제의 일을 언급하며 내 주위로 몰려들었다. 그 선생님은 말을 너무 함부로 한다, 입시 미술 하는 애한테 탈락이라는 말이 가당키나 하냐면서 진심인지 모를 말들을 쏟아냈다. 의아함을 감추며 아냐, 나는 괜찮아, 하고 맞장구를 쳐줬다. 재미없는 대꾸를 하니 애들은 얼마 안 가 평소대로 돌아갔다. 앞치마를 매는데 누군가가 어깨를 가볍게 두드리는 감각에 뒤를 돌아보았다.

안녕. 그 애였다.

응, 안녕. 학원 연예인과의 감격스러운 대화는 건조한 인사말로 시작되었다. 어제 말이야. 선생님이 너한테 좀 심하게 구셨잖아. 좀 괜찮아? 호의적인 얼굴이었지만 본능적으로 느낄 수 있었다. 애들이 나한테 말을 건 이유는 이 애한테 있을 것이다. 괜찮다고 말하면 목소리가 떨릴 것 같아서 고개만 두어 번 끄덕였다. 응, 그러면 다행이고. 묘한 시선을 견딜 수가 없어 안 가고 뭐 하냐는 눈빛을 보냈다. 내 의문을 알아들은 건지 그 애는 나를 스치듯 지나갔고, 긴 머리카락은 주인을 닮아 예쁘게도 팔랑거려 내 눈길을 모조리 앗아갔다. 이

따 학원 끝나고 잠깐 보자. 낮게 속삭인 밀어를 간신히 들었을 만큼.

채색을 얼추 마무리하니 밤 열 시였다. 물감 냄새를 지우고 학원 건물을 나서서 하늘을 올려다보았다. 가로등의 주홍색 불빛을 제외하면 학원이 있는 골목길을 비추는 불빛이 없었다. 이런 이유로 학원에는 새로 오는 애가 드물었다. 선생님은 그걸 아는지 모르는지 왜 학원에 오는 애들은 다 몇 년이나 얼굴을 본 애냐며 우는 소리를 내다가 그래도 인원이 적어서 가르치기 편하다고 했다. 그런 선생님이 완전히 나쁜 사람이 아니란 것을 안다. 인간은 입체적이고, 선생님은 솔직한 언사를 할지언정 틀린 말을 하는 사람은 아니었으니까. 여러 가지 생각에 마음이 복잡했다. 집에 돌아가 씻고 싶었다. 낡은 슬리퍼를 신은 발을 재촉해 한 발 내디디려는 참이었다.

열심히 하네. 벌써 열 시야.

고개를 돌리니 눈처럼 하얀 연기가 시야를 가로막았다. 팔을 대충 내저어 말을 건 사람을 보았다. 그 애는 한 손에는 담뱃갑, 한 손에는 장초를 들고 있었다. 발 언저리에 떨어져 있는 담배꽁초 두어 개가 그 애가 신은 흰 운동화와 대비되어 이질적이었다. 인상을 쓰고 대범한 흡연자에게 무슨 담배를 피우는지 물었다.

나? 말보루 레드.

그거 독하지 않아? 그리고 여기 학원 근처인데. 과태료 물고 싶냐? 꺼라.

아쉽네. 아직 장초인데.

장초 타령이나 하는 모습에 웃음이 났다. 반년을 같은 학원에 다니는 동안 애가 이런 분위기를 낼 줄 아는 사람인지 전혀 몰랐다. 대화

다운 대화를 나눈 것은 오늘이 처음이었지만 오래된 친구랑 얘기하는 것처럼 편했다. 그 애도 그랬는지 실없이 웃으며 과태료 내기 싫으니까 말 들을게, 하고 담배를 낡은 담벼락에다 비벼 껐다.

왜 보자고 했어? 나 피곤한데.

그 애의 느긋한 행동을 보아 용건을 재촉하지 않으면 자칫 밤새 골목에서 영양가 없는 얘기나 주고받을 것 같아 일부러 꺼낸 말이었다.

우리 처음 봤을 때 눈 맞았잖아. 그때부터 좋아한 거 같아.

이렇게 느닷없는 고백을 받을 줄 알고 꺼낸 말이 아니란 소리다. 마땅히 해줄 말이 떠오르지 않았다. 그도 그럴 것이 나는 쟤를 잘 몰랐다. 어느 정도로 돌려 말해야 상처받지 않을지도. 그 애는 나름 초조한지 떨어진 담배꽁초를 신발로 지그시 뭉갰다. 그 모습을 보다가 문득 괜찮은 대답이 떠올랐다.

나는 흡연자랑 안 사귀는데.

끊을게. 곧바로 답변이 되돌아왔다. 우리는 한참을 웃었다.

그날 이후로 우리는 아기와 강아지가 친해지듯 빠르게 어울렸다. 왜 진작 어울리지 않았는지 의문이 들 정도였다. 연애에 조건을 건 사람과 짝사랑을 고백한 사람이 가질 만한 관계는 아니었지만, 서로를 단짝이라고 해도 좋은 관계였다. 그 애랑 함께 하는 건 즐거웠고 동시에 고통스러웠다. 우리가 가는 길이 같았기 때문이다. 성적으로 전교권을 웃도는 애였다면, 운동을 잘해 나가는 경기마다 상을 휩쓸어오는 애였다면 질투를 느낄 일이 없었을 것이다. 하지만 그 애와 나는 미술을 택했고 미술로 경쟁했으며 미술 덕분에 만났다. 그림을 그리는 일이 저주인지 축복인지 판가름할 수 없었다. 그 애와 나의 관계만큼이나 모호했다.

그 애는 두 달 후 담배를 기어코 끊었다. 나에게 고백했던 골목길에서 금연을 선언했다. 관계에 새로운 이름을 붙여주고 싶은 눈치였다. 나는 기꺼이 차가운 바람에 발긋해진 그 애의 볼을 감싸 입을 맞추었다.

사귀고 난 후 그 애의 집에 가는 일은 일상다반사였다. 그 애가 아무에게도 보여주지 않았다며 내게 건넨 그림들은 하나같이 훌륭했다. 방 주인의 여자친구 자격으로 올라간 침대에서 나는 그 애의 세계를 너무나도 쉽게 엿보았다. 그 애는 학원 복도에 걸린 그림의 원본도 보여주었다. 미세하게 울퉁불퉁한 종이 표면을 썼었다. 확실히 학원에 걸린 복사본과는 느낌이 달랐다. 그림을 만지작대자니 문득 잊고 있었던 사진이 생각났다. 추한 감정을 가득 담아 눌렀던 촬영 버튼이 눈앞에 아른거렸다. 꺼낸 그림을 정리해 도로 서랍에 보관하는 그 애 등 뒤로 전에 찍었던 사진을 몰래 확인했다. 찍은 날 이후로 새까맣게 잊어버렸던 탓에 그대로 잘 있었다. 뭐 봐? 가벼운 물음에 괜히 찔려서 그때처럼 스마트폰을 주머니 속에 집어넣었다. 아무것도 아니야. 우리 영화 보기로 했잖아. 그거나 보자.

내 여자친구는 영화를 좋아했다. 우리는 종종 그 애의 노트북으로 영화를 봤다. 그 애가 이번에 준비한 영화는 모차르트와 살리에리를 다룬 영화였다. 영화를 고심해서 준비한 그 애에게는 미안한 일이었지만 나는 정체 모를 외국어로 대화하는 배우들을 보는 것보다 간간이 오물대는 애인의 입술을 구경하는 게 훨씬 재밌었다. 영화의 막바지 무렵, 그 애는 대뜸 내게 속삭였다. 살리에리는 모차르트를 사랑했을까? 그 말에 노트북 화면을 힐끗 쳐다보았다. 살리에리로 추정되는 인물이 휠체어에 탄 채 두 손을 지휘하듯 들고 뭐라 중얼거리고 있었다.

살리에리? 모차르트를 시기한 사람이잖아. 내가 별생각 없이 던진 말을 가만히 듣던 그 애는 내게 또 질문했다. 열등감이 뭐라고 생각해? 질투랑 부러움. 너는? 나도 비슷하게 생각해. 실력에 우위를 두면 당연히 생기지. 오래 담아둘 감정은 아니라고 생각해. 잘 느껴본 적은 없어서 모르겠지만, 그런 감정을 오래 담아두면 정신적으로 힘들지 않을까?

나는 굳은 얼굴로 고개를 끄덕였다. 그러니까 방금 내가 느낀 게 열등감이네.

영화를 다 보고 집으로 돌아와 빳빳한 새 종이를 꺼냈다. A4용지보다는 조금 크고 질긴 재질의 종이였다. 그 애가 그린 그림을 따라 그려볼 생각이었다. 열등감을 잘 모르겠다던 순진한 얼굴을 탓했다. 왜 하필 여자친구를 시기하는 못난 나에게 그런 말을 해서. 그림을 베끼는 것이 잘못된 행동인 걸 잘 알고 있었다. 하지만 학원에서도 모작이란 걸 하잖아. 그 연장선이라고 치자. 어긋난 논리였지만 나는 굳이 나 자신에게 반박하려 들지 않았다. 그 대신 팔레트처럼 사용하는 작은 책상에 물감을 짰다. 스마트폰을 꺼내 그 애가 그린 공모전 수상작을 화면 가득 채웠다. 그림에 사용된 색부터 추려내 볼 심산이었다. 눈대중으로 파악할 수 있는 색이 있었고, 아닌 색이 있었다. 이름을 알 수 없는 색은 가지고 있는 물감으로 섞어 만들어내었다. 나는 밤을 새워 책상을 물감으로 더럽혔다.

사용된 색을 다 알아낸 뒤 대강 형태를 알아볼 수 있을 정도로만 옅게 스케치를 하고 바로 붓을 들어 색을 입혔다. 외국 한 가정의 부엌에서 볼 수 있을 듯한 체크무늬 식탁보를 공들여 그렸다. 행여나 선을 잘못 그을까 봐 붓을 든 손이 떨리도록 힘을 주어 집중했다. 어디선가 뿜어진 물줄기를 따라 허공을 흐르는 레몬 세 개를 실감 나게 그리기 위해 마트에서 레몬을 사 옆에 두고 그렸다. 이미 수천 번을 그려본 물줄기를 연습장에 그리고 또 그렸다. 그렇게 며칠 동안 그림에만 매달린 보람이 있었다. 거의 다 완성한 그림을 책상에 세워두고 멀리서 바라보았다. 원본을 완전히 따라잡을 수는 없었지만 나름대로 만족스러웠다.

오늘은 학원 휴무일이었다. 선생님은 며칠 전 내가 휴무일에도 학원에 가도 되냐고 묻자 선뜻 그러라고 했다. 가벼운 발걸음으로 도착한 학원은 당연하게도 잠겨 있었다. 나는 미리 건네받은 열쇠로 문을 열고 강의실에 들어가 앞치마를 맸다. 들고 온 그림을 이젤에 놓고 작업을 이어갔다.

작정하고 그렸다면 두 시간 내에 끝냈을 그림을 장장 여섯 시간에 걸쳐 완성했다. 작업 중간중간에 그 애와 문자를 주고받았기 때문이다. 그 애는 내가 보고 싶다고 했다. 나는 아니었다. 하지만 나는 내가 더 보고 싶다고 답했다. 정작 그 애가 어디 있는지 묻지는 않았다. 참 나쁜 애인이 아닐 수가 없었다. 물감 묻은 손을 씻으러 교실 아래층의 화장실로 내려갔다. 손을 다 씻고 교실로 막 올라가려던 찰나, 그 애에게서 전화가 왔다. 어디야?

나? 학원이지. 얼결에 한 대답에 낯을 굳혔다. 실수했다. 마음을 가라앉히고 차분한 어조로 되물었다. 너는 어딘데? 질문하며 발걸음을 빨리 놀렸다. 얼른 그림을 챙겨 학원을 나설 생각이었다. 그 애가 이렇게 전화한다는 것은 당장 보고 싶다는 의미였으니까. 스마트폰 너머로는 대답이 없었지만 나는 전화를 끊지 않고 교실 문을 열었다.

사람이 보였다. 뒷모습이 익숙했다. 그 사람은 이젤 앞에 서 있었다. 나는 급히 그 사람의 어깨를 잡아 돌렸다. 대답이 없던 내 여자친구였다. 아. 짧은 탄식과 함께 나는 뒤를 돌아 도망쳤다.

왜?

그 애는 눈으로 그렇게 물었다. 내가 도망치지 않았다면 그 질문 뒤에는 또 어떤 질문이 따라왔을까. 왜 그랬어? 네가 뭔데 도망가? 날 선 질문들밖에 떠오르지 않았다. 그럴 수밖에 없었다. 그럴 만한 짓을 했으니까. 손이 떨렸다. 베끼는 걸 들키고 나서 끝까지 악당 행세를 할 견고함은 나에게 없는 성정이었다.

미술 학원 옆에는 독서실이 즐비한 건물이 있었다. 그 건물에 들어가 정신없이 계단을 올랐다. 한계에 다다른 다리는 풀려버리고 말았다. 나는 계단에 주저앉았다. 눈물은 단 한 방울도 나지 않았다. 울고 싶지도 않았다. 그냥 세상에서 조용히 사라지고 싶었다.

계단에 한참을 웅크려 있었다. 긴장했던 몸에 서서히 힘이 풀리자 눈이 감겼다. 내 숨소리조차 들리지 않았다. 완벽한 고요였다. 아기들은 울다가 지쳐서 잔다던데, 나는 눈물 한 방울 흘리지 않고도 지쳐서 졸렸다. 잠에 막 빠지려는 순간 독한 담배 냄새가 코끝을 찔렀다. 대리석 계단과 신발이 부딪히는 둔탁한 소리가 점점 가까워졌다. 사람의 움직임을 감지한 센서가 노란 불빛을 내뿜었다.

여기 있었네.

검지와 중지 사이에 자리한 회색 막대기가 제일 먼저 눈에 띄었다. 목덜미가 아프도록 고개를 치켜들고 담배를 피우는 그 애의 얼굴을 바라보았다. 그 애가 나를 내려다보며 입을 열자 흰 연기가 노란 조명 아래 몸부림치다 흔적도 없이 스러졌다. 뭐라도 말해보려 입을 달싹여보았지만 아무 말도 나오지 않았다. 그 애가 천천히 몸을 낮춰 나와 눈높이를 맞추었다. 그 산뜻하고 기꺼운 행동을 그저 멀거니 바라보았다. 순간 그 애가 담배를 들지 않은 손을 허공에 들었다. 아. 맞겠다. 눈을 감고 싶었지만 굳은 몸은 주인의 뜻대로 움직여주지 않았다.

예상했던 아픔 대신 무언가가 나를 감쌌다. 그 애는 말없이 나를 안았다. 나는 그 애를 마주 안아주지 않았다. 우리를 비춰주던 불빛도 꺼졌다. 하지만 그 애는 그런 건 상관없다는 듯 굴었고, 우리는 한참을 부둥켜안고 있었다. 나는 멍하니 있다가 습관적으로 숨을 참았다. 코앞에 보이는 귀에 간지러운 숨이 닿지 않게끔 하려던 까닭이었다. 그 순간 그 애가 나에게서 조금 떨어졌다. 예민한 센서가 움직임을 감지하고 다시 빛을 내었다.

숨 쉬어.

불빛을 받아 노랗게 번뜩이는 눈동자를 응시하며 나는 간신히 고개를 까딱였다. 그 애는 거의 다 타버린 담배를 낡은 벽에 비벼 껐다. 그러더니 나를 안았던 손으로 내 뒷머리를 끌어당겨 입을 맞추었다. 나는 그제야 눈을 감을 수 있었다. 수면제를 삼킨 기분이었다. 매끄러운 알약과는 달리 맞닿은 입술이 까슬했다. 그 애는 내 두피 깊숙이 손을 넣어 느릿하게 머리카락을 쓸어내리고 그중 몇 가닥을 끌어다 만지작거렸다. 나는 여전히 눈을 감은 채였다.

　내 그림 따라 그린 거 말이야.

　이어진 침묵에 별안간 울고 싶어져 고개를 숙였다. 대답하지 못할 말인 걸 알면서 대답할 시간을 주는 건 대체 무엇을 바라고 한 행동일까.

　내 그림이 좋아서 그런 거야? 그런 거면 좀 기쁜데.

　뭐?

　눈이 절로 떠졌다. 죄를 저지른 사람을 버젓이 앞에 두고 죄의 존재 자체를 부정하는 것은 용서가 아니다. 조롱에 가깝다. 나는 죄인이 되어서도 그 애의 말에 분노했다. 순간 그 애를 계단 밑으로 밀어 버리는 상상을 했다. 정말 밀어낼 것처럼 두 손을 그 애의 어깨 위에 올려놓기까지 했다. 그러나 그 애가 더 빨랐다. 그 애는 자리에서 일어났다. 나는 어항 속 금붕어처럼 뻐끔대기만 했다. 갈 곳 잃은 내 두 손은 지휘하듯 허공에 떠다녔다. 그 애가 두 손을 패딩 주머니에 찔러 넣은 채 유유히 계단을 내려가는 모습을 지켜보다 생각했다. 내일 학원에 전화해서 그림 그만둔다고 해야겠다.

　그림을 포기한 이유는 단순했다. 그 애의 그림 속 레몬이 너무 신 탓이었다.

보리이야기

이승현

　내 이름은 보리, 아니지 망고? 아…… 아니 보리. 나에겐 너무 많은 이름들이 있었던 것 같다. 보리, 망고, 인절미, 땅콩, 호두, 유자까지. 인간들은 왜 이름을 먹을 것으로 지어주는지 도무지 알 수가 없다. 게다가 난 땅콩 알레르기가 있다고! 집사는 종종 나를 보며 품종이 뭐냐고 묻는 인간들에게 '먼치킨'이라고 이야기한다. 난 고양이인데 왜 치킨이라고 하는지 도통 모르겠지만 상당히 기분이 나쁘다. 날 튀겨서 먹겠다는 거야, 뭐야. 그리고 나는 털이 너무 길고, 아래로 처져 있어 통통해 보이지만, 실제로 보면 굉장히 말랐다면서 뭐가 재미있다고 다들 웃고, 귀엽다고 막 쓰다듬는다, 내가 너희 인간들보다 몇 년이나 더 살았는지 알고는 있는 거야? 하긴, 알고 있다면 또 저번처럼 날 버려버릴지도 모르지. 나는 자그마치 105년을 살아가고 있는 7번째 삶을 사는 고양이이다. 들려오는 소문에 의하면 우리 같은 고양이는 9개의 목숨을 가지고 있다고 한다. 그리고 8번째 삶을 시작할 때 항상 검은 망토를 쓴 누군가가 찾아오고, 옆 동네 고양이는 그를 만난 후에 소리 소문 없이 사라져 버렸다고 고양이에서 고양이에게로 전해지고 있다. 그래서 난 이번 삶에서 절대로 죽지 않겠다고 다짐했다.

"형, 빨리 나와요!"

아, 지금 들리는 목소리는 분명 휴지 녀석이 분명하다, 휴지는 내가 살고 있는 단독주택의 윗집 고양이인데, 허구한 날 나보고 형이라며 같이 놀아달라고 떼를 쓰고 애교를 부리고 난리를 친다. 그래도 아직은 어린 묘생(猫生) 1년차라 귀여워서 봐주고 있다.

"또 무슨 일이야? 힘드니까 용건만 간단히 하도록 해."

"형은 왜 맨날 힘들다고 그래요. 그 얘기 또 해주세요. 네?"

"너도 105년 살아보고 나서 투덜거려. 아직 머리에 피도 안 마른 고양이가 말이야."

"아, 죄송해요. 그러니까 얘기해 주시면 안돼요? 제발요."

"그래. 이야기해 줄 테니까 그만해."

"처음부터요!"

그렇게 몇 번이고 들려주었던 내 이야기를 또다시 휴지에게 해주기 시작했다.

이 일이 있었던 게 언제였었나 싶다. 나는 새로 사귄 친구들과 함께 나비를 쫓아가면서 놀던 중이었다. 나비를 잡기 위해 지금껏 한 번도 가보지 못한 산속임에도 불구하고 따라갔고, 그곳에는 끝이 보이지 않는 아주 넓은 꽃밭이 있었다. 색색의 아름다운 꽃들이 만들어 내는 달콤하면서도 어딘가 코를 찌르는 듯한 향기가 코끝에서 아른거리는 듯했다. 그런 곳에서 그 어떤 고양이가 얌전히 집으로 돌아갈 생각을 하겠는가! 적어도 그때의 나는 아니었다. 고작 첫 번째 삶을 사는 어린 고양이였기에 당장에 그 속을 파고들었다. 정신없이 뛰어 놀다 보니 어느새 해는 저 멀리 산과 산 사이로 넘어가고 있었고, 달려온 길이 어느 쪽인지, 얼마만큼 달렸는지조차 잊어버리고 말았다. 그렇게 숲속을 헤매다 결국 나는 인생, 아니지 묘생(猫生)의 첫 번째 죽음을 맞이하게 되었다.

"우와. 진짜 멋져요!"

"죽었다는데 뭐가 멋져."

"그래도…… 형은 처음 죽었을 때 어떤 생각이 들었어요?"

"글쎄다. 처음에는 '열심히 살았는데 나비 때문에 죽게 되다니' 하면서 허무한 느낌도 들고, 그러다가 '그래도 행복해서 다행이야' 하는 생각도 들고, 정말 인간들의 바보 같은 말처럼 살아온 게 주마등처럼 스쳐 지나가더라고."

"살아났을 때 느낌이 어땠어요? 많이 아파요?"

"음…… 아프진 않았고 그냥 내가 다시 태어났구나, 하고 생각했지. 그땐 나도 어렸으니까 죽었을 때랑 태어나서 처음 눈을 뜨게 되었을 때랑 크게 차이가 없었거든. 그런데 기억이 모두 나더라고 나비 쫓아서 여기까지 왔었고 이런 기억들. 그래서 그때부터 죽은 횟수를 세기 시작했고, 같이 갔었던 친구들에게서 9번 다시 살아난다는 얘기를 듣게 된 거야. 물론 걔들도 어디서 주워들은 얘기였겠지만."

휴지는 이렇게 종종 이야기의 한 부분이 끝났다 싶으면 궁금했던 것들을 꾹 참고 기다리다가 한꺼번에 물어보는 듯하다. 가끔 피곤할 때도 있지만 같은 이야기를 해주는데도 지루해하지 않고 안 그래도 동그란 눈을 더 부릅뜨고 집중해서 들어주는 휴지를 보면 한편으로는 고맙기도 하다. 게다가 커갈수록 질문의 요지가 달라져서 벌써 이런 것이 궁금해질 때가 되었나, 하고 뿌듯함을 느끼곤 한다. 많은 것을 느끼게 하는 휴지의 질문공세가 끝나고, 나는 이어서 얘기를 시작했다.

인간들이란 정말 알다가도 모를 생명체인 것 같다. 나에게 있어 가장 비극적이었던 삶은 4번째 삶이었다. 집사를 만나지 못하고 길고양이가 되어서? 아니다. 차라리 그게 나을 뻔했지. 4번째 삶에서 만났던 집사는 나를 사랑하고 있다는 걸 내가 느낄 수 있을 정도로 표현을 많이 해주었고, 퇴근을 하고 와서 힘들어도 나를 먼저 챙겨주던 인간이었다. 그래서 나는 그 인간에게 믿음과 신뢰를 가지게 되었고, 서로가 서로를 더 아껴주는 그런 아름다운 삶을 살아가게 된다는 생각에 행복했다. 평소 나는 쉽게 마음을 내어주는 고양이가 아니지만, 누군가를 믿게 되면 가볍게 믿음을 저버리지 않았다. 그래서 우린 더욱 각별한 사이가 되었고 마냥 그럴 것 같았다. 그날이 오기 전까지는.

유독 어두운 비가 많이 내리던 날 아침, 바람도 많이 불어서 창밖을 바라보는 것을 좋아하는 나도 왠지 모르게 초연해지는 날이었다. 집사가 집에 비가 들어온다고 창문을 닫고 검은 암막블라인드까지 내려서 밖이 하나도 보이지 않았기 때문이다. 털을 아래로 늘어뜨리고 장난감 깃털을 뽑고 있는데, 집사가 갑자기 병원에 가야 한다며 나를 이동가방 속에 집어넣었다. 나도 눈치가 있지, 오늘이 병원에 갈 날이 아니라는 것을 잘 알고 있었다. 그때 우리 집의 모습은 파란색의 커다란 박스가 집사의 물건을 다 담은 채로 원룸 가운데 덩그러니 놓여 있던 게 다였다. 병원으로 가는 내내 평소와는 다른 집사의 행동에 신경이 쓰였지만 최대한 괜찮은 척하며 얌전히 있기로 했다. 한참을 달려 병원이라는 건물에 도착을 했고, 그 입구에서 집사는 나를 풀어주었다. 주변을 경계하면서 기웃거리다 갑자기 들려오는 차 소리에 뒤를 돌아보니 집사는 어디론가 사라져 보이지 않았고, 나를 마주하고 있는 것은 어딘가로 이어져 있는 긴 바퀴자국 뿐이었다. 비가 쏟아 붓고 있었던 날이었기에 건물 안으로 들어가려고 출입문 쪽으로 걸어가 보았다. 하지만 이상하게 문도 열리지 않을 뿐 아니라, 유리문 건너 희미하게 보이는 건물 내부에는 부서진 목재들과 시멘트의 가루가 공기를 따라 날아다닐 뿐 어떤 삶의 모습도 찾아 볼 수 없었다. 처음에는 그저 집사가 나를 두고 간 것을 모를 것이라고 생각했다. 그리고 하염없이 그 자리에서 집사를 기다렸다. 하루쯤 지났을까, 그때가 되서야 나는 집사가, 인간이 나를 버리고 떠났다는 것을 깨달았다. 버림받은 기분을 그들은 알까. 나를 가장 아껴주던 사람이, 누구보다도 믿었던 사람이, 세상에서 제일 소중한 존재였던 사람이 내가 싫어졌다는 이유만으로 말 한마디 없이 내버려두고 떠난 기분을 말이다. 이때부터였다. 인간에 대한 반감을 가지게 된 것이.

"형…… 이 부분은 들을 때마다 슬퍼요."

"지금은 내가 살아갈 곳은 내가 선택하고 있어. 이 집도 그렇게 해서 들어오게 된 거고. 어떻게 보면 내가 이 집 주인이지, 먼저 살고 있었는데."

"그럼 다행이구요."

라고 이야기하며 나를 위로해주듯 나에게 머리를 기대어 주었다. 이 세상의 모든 고양이들에게 인간의 뜻대로 살아가지 말라고, 고양이면 고양이대로. 하고 싶은 대로 자유를 누리며 살아가라고 이야기해주고 싶다.

"그럼 인간으로 살아갈 수 있다면 형은 어떻게 할 거예요?"

"난 절대 그런 존재로 살아가고 싶지 않아."

"저는 인간으로 살아보고 싶어요! 그래서 복수를 해주려고요. '우리 형을 건드린 죄다!'라고 하면서요."

"……넌 언제 철들래?"

철딱서니 없는 녀석이 한 말이지만 휴지의 작은 한 마디에는 늘 따뜻한 마음이 느껴진다. 인간이 나에게 쉽게 지울 수 없는 상처를 주었고, 그런 상처가 흉터로 남아 잊을 만하면 나를 괴롭히는데도, 가끔은 그 시절이 그립기도 하다. 이런 건 무슨 감정인 건지, 그 일이 있고나서 40년이 넘은 지금, 휴지에게 내색하진 않지만 아직까지도 내 마음을 잘 모르겠다.

이 일이 있고 나서 새로 정착할 장소를 구하기 위해서 하늘에서 쏟아지는 수많은 빗방울들을 맞으며 희미하게 남아있는 바퀴자국을 따라 걷기 시작했다. 이젠 슬픈 감정보다도 자꾸만 버림받았다는 생각에 더욱 화가 날 뿐이다. 누군가와 상의도 없이 키우고 싶다는 욕심으로 데려간 것은 인간들이다. 그런데 싫어졌다, 귀찮아졌다 하는 이유를 숨긴 채로 마치 착한 존재인 척 여러 핑계를 만들어선 집사만을 바라보고 있는 고양이들을 아무렇지 않게, 마치 장난감인양 길에 던져놓는 것도 인간들이다. 왜 우리는 인간들에 의해 또 한 번의 소중한 묘생이 시작되고 그들에 의해서 원하지 않는 결말을 얻게 되는 걸까. 선택은 인간의 몫이고 상처받는 건 왜 고양이여야 하는 건데? 도대체 왜? 인간들이 그렇게 잘났나?

계속 이런 생각들을 하면서 길을 걷다가 보니 어느새 바퀴자국은 사라지고 벽에 알록달록 예쁜 그림이 그려져 있는 어느 주택가에 도착했다. 그중에서도 파란 대문이 유독 활짝 열려 있는 집으로 들어가 처마 밑에서 잠시 쉬어가기로 결정했다. 처마 밑에 앉아 있자니 안에서 이야기하는 소리가 빗소리보다 더 따끔하게 귀를 찔렀다. 무슨 뜻인지 이해는 못했지만 여러 가지 얘기들이 오가고, 서로 소리를 지르며 싸우는 듯했다. 그들이 얘기하고 있는 것들이 사랑하는 서로에게 상처를 줄 만큼 중요한 문제는 아닐 것 같은데 말이다. 60년 정도 살아보니 알 것 같다. 마음을 다해 소중히 여기는 존재가 있다는 것은 어떤 상황 속에서도 그와 함께 한다는 이유만으로도 행복할 수 있다는 것을. 이제 난 그럴 인간도 없지만. 묘생 뭐 있나? 그냥 좋은 고양이들과 앞으로 무슨 일이 닥칠지 모르고 사는 것이 묘미인걸. 아무튼 그곳에 있다간 또다시 쫓겨날지도 모른다는 생각에 살금살금 집을 나왔다. 어디로 가야 할까 한참 고민하다 보니 여러 사고를 당해 죽게 되었고, 결국 이곳에서 생활하게 되었다. 그래서 지금의 7번째 삶도 그때 정착하게 된 주택가에서 살아가는 중이다.

"그 덕분에 귀여운 휴지도 만나게 되었다는 얘기죠?"

"…… 널 만난 건 내 묘생의 가장 큰 실수 중 하나라는 사실도 깜빡할 뻔 했네."

"…… 너무해."

삐진 척 연기하는 휴지를 달래주던 그때, 마당 앞에 있는 도로에서 굉음을 내며 바퀴 두 개 달린 무언가가 매우 빠른 속도로 지나갔다. 그것이 내뿜은 쾌쾌한 연기 너머로 지나가던 고양이 한 마리와 눈이 마주쳤는데, 갑자기 씩 웃으면서 우리들에게 다가왔다. 그 고양이의 웃음은 꺼림칙한 기분과 함께 내 털들을 곤두서게 만들었다. 불길한 예감이 들어 휴지에게 집으로 들어가자고 얘기하려던 순간, 그 녀석이 먼저 말을 걸었다.

"어이, 친구들. 너희는 몇 번째야?"

고양이들 사이에서 몇 번째냐고 물어보는 것은 몇 번째 생을 사는지 묻는 말이다. 길게 말하지 않아도 대부분의 고양이들은 잘 알아듣는다.

"나는 일곱 번째고, 얘는 첫 번째."

"아, 나도 일곱 번째야. 보아하니 집고양이 같은데, 인간들이랑 살면 좋아?"

"안 좋은 일을 겪어서 별로 내키지 않지만, 여기는 꽤 살만해. 너는 길고양이지?"

"응. 길에 사는 것도 나쁘지만은 않아. 적어도 자유롭게 살 수 있거든. 그리고 좋은 인간들이 밥도 주던데?"

"좋은 인간은 무슨. 어느 날 갑자기 밥 안줄지 누가 아냐? 하여튼, 착한 척하는 이기적인 것들이야."

"그러는 너는 인간을 못 믿으면서 어떻게 같이 살고 있는 거야?"

"같이 산다니? 강조하건데, 내가 먼저 이곳에 자리 잡고 있었고, 내가 이 집 주인이야. 인간 따위에게 의존하지 않아."

이렇게 인간의 실체를 모르는 고양이가 많다니, 정말 나중에는 땅을 치며 후회하게 될 테니 두고 보자. 겉으로 툴툴거리긴 해도, 우리에게 편견 없이 대하는 이 녀석이 좀 마음에 든다.

"근데 너는 이름이 뭐야?"

"글쎄, 일곱 번 모두 길고양이 신세라. 그냥 개나 소나 인간이나 다

들 나비라고 부르지 뭐. 왜 있잖아, 흔해빠진 고양이 이름. 너희들이
근사한 이름 하나 지어주라."

"형! 그러면 그걸로 해요."

"뭐?"

"마리요. 마리!"

"오~ 좋은데?"

도대체 어떤 부분에서 좋다는 건지 도무지 길고양이의 속내는 알
수가 없다. 보나마나 휴지 녀석은 엉뚱한 곳에서 따온 이름인 것이
분명한데 말이다.

"100년 전쯤 태어났을 때나 들어본 이름이네 뭐. 촌스럽게. 왜 마
리가 좋은데?"

"음…… 왜냐하면, 제 이름이 휴지잖아요! 그래서 '두루마리 휴지'
에서 "두루'를 뺀 마리에요!"

아이 참, 예상대로네. 누가 1년생 아니랄까 봐, 생각하는 것도 아직
어린가 보다. 나중에 커서 이 얘기를 들으면 부끄러워 할 휴지를 떠
올리니 저절로 입가에 웃음이 번진다.

"그래. 뭐 나쁘지 않네."

"뭐? 그런 뜻이었어? 참 난감하네."

"저…… 그럼 마리 안 할 거예요?"

저렇게 동글하다 못해 땡글한 눈망울을 보고 어찌 거절이란 것을
할 수 있을까. 결국 이름은 '마리'로 결정되었고, 나는 또 하나의 친
구가 생겼다. 인간을 미워하게 된 이후로 친구를 사귈 생각조차 없
었는데, 그런 나에게 미움 받으면서도 나에게 다가와준 휴지가, 그리

고 내 성격을 이해해 주고 마음을 열고 대할 때까지 기다려준 마리가 새삼 고마웠다. 그렇게 우린 다음날도, 그 다음날도 매일같이 만나 이야기를 나누었다. 인간들처럼 정확한 시간을 정해놓고 만날 약속을 할 수는 없으니, 우리는 우리만의 신호를 정하기로 했다.

"무슨 신호요?"

"내가 이렇게 매일 너희를 찾아올 수는 없지 않냐. 100년 넘게 사니까 힘들다. 힘들어."

"엄살 부리기는."

"이 형들이 또 그러네. 그만 싸워요!"

"그래. 그럼 이렇게 하자."

"어떻게?"

"그 바퀴 두 개 달린 물체가 매일 두 번씩 지나가잖아. 그러니까 그게 지나가면 저기 있는 가로등 밑에서 만나는 거야. 어때?"

아무리 생각해도 내 머리에서 나온 아이디어라곤 믿기지 않을 정도로 멋진 생각이었던 것 같다.

"형 대단한데요?"

"인정하긴 싫지만 그렇게 하자. 그럼 난 간다."

이제 가보겠다는 말을 남기고 마리는 언제나 늘 그렇듯 엄청 빠른 속도로 우리 집 마당을 가로질러 나갔다. 뛰어다니면 다친다고 아무리 크게 말해도 마리는 항상 누가 쫓아오듯 뛰어간다. 저러다 진짜 큰일 나려고 저게. 정말 쟤는 아무도 못 말린다. 이렇게 나의 빛나는 아이디어로 우리는 약속된 시간에 만나왔고, 그렇게 만난 것도 벌써 일주일이다. 오늘도 항상 그래왔듯이 그 괴상한 물체가 지나가는 소리가 들렸다. 그 소리를 들은 휴지는 언제 왔는지 우리 집 문을 긁어 댔고, 나는 서둘러 문을 밀고 나갔다.

"형, 빨리요!"

"아무리 좋다고 해도 천천히 살피면서 걸어."

내 말을 들은 휴지는 괜히 시무룩한 표정을 지어보였다. 약속 장소 인 가로등이 있는 골목으로 가는 모퉁이를 돌았다. 이상하게도 그곳 에는 가로등과 갖가지 쓰레기들만 모여 있을 뿐, 항상 먼저 와 있던 마리가 어디를 갔는지 도통 보이지 않았다. 휴지에게는 조금만 기다려 보자고 이야기한 후에 마리를 기다리기 시작했다. 얼마나 지났을까. 꺼져 있던 가로등이 켜지고, 주변이 점점 어둠으로 물들기 시작했다. 혹시 무슨 일이 생긴 건 아닐까 하는 불안함에 주변을 한번 찾아보기 로 했다. 휴지는 왼쪽, 나는 오른쪽으로 돌아서 마리를 찾기 시작했다.

"휴지야, 그 괴상한 물체가 다시 지나가는 소리가 들리면 집으로 가."

휴지는 고개를 끄덕이곤 왼쪽 모퉁이를 돌아갔다. 휴지가 걸어가 는 뒷모습을 바라 보면서 한편으론 같이 찾아나서도 될까 싶었지만, 마리를 걱정하는 휴지의 표정과 걸음걸이에 걱정할 게 없다는 생각 이 들었다.

"마리야!"

"마리 형!"

온 동네 우리의 목소리가 울려 퍼졌고 인간들은 무슨 고양이 우는 소리냐면서 창문이 부서질 듯 세게 닫았다. 괴상한 소리가 다시금 들 리고, 한참 찾아도 없어 다시 약속했던 장소를 지나 집으로 가기 위해 그곳으로 향했다. 집으로 가는 모퉁이를 돈 순간, 가로등 밑에 쓰러져 있는 고양이 한 마리가 보였다. 설마 마리는 아니겠지 하는 생각을 계속 하면서 천천히 다가갔다. 점점 그것과 나의 거리가 좁아질수록 그 모습은 선명히 드러났고 차마 그 몰골은 다시 생각하기도 싫었다. 어디서 사고를 당한 듯 앞다리에서 배로 이어진 커다랗고 깊은 상처에서 계속 검붉은 색의 피가 서서히 흘러나오더니 어느새 바닥까지 흥건해졌다. 정체를 확인한 순간 그 자리에 우뚝 설 수밖에 없었다. 회색의 털에 발과 귀만 하얀 고양이, 마리였다. 휴지가 보면 충격을 받을 게 분명해서 마음을 진정시키고 가까이 있을지 모를 휴지가 듣지 못하게 작은 목소리로 얘기했다.

"너 어떻게 된 거야? 한참 찾았는데 왜 이러고 있어."

"미안. 그냥 사고지 뭐. 그 바퀴 두 개 달린 물건에 부딪혔어."

"이렇게 크게 다쳤는데 그냥 사고라니. 그러게 내가 잘 살피라고 그랬잖아."

"뭐, 어차피 다시 살아날 텐데 뭐가 걱정이라고 그렇게 호들갑이야, 호들갑은."

"이제 8번째니까 그렇지. 옆 동네 소문 못 들었어? 갑자기 소리 소문 없이 사라졌다고. 너 사라지면 난 어떻게 해. 사라지지 마, 응? 약속했잖아. 계속 옆에 있겠다고. 나 안 버린다고."

"넌 아직도 그 생각이냐. 내가 누군데. 다시 돌아오고도 남을 고양이야. 알지? 혹시라도 그 망토자식 만나면 7번 살 동안 한 번도 안 자른 내 긴 발톱으로 얼굴을 할퀴어 줄 테니까. 걱정 붙들어 매."

"약속 한 거야. 꼭 다시 돌아와야 해. 알겠지?"

끝내 나는 그 말에 대답을 들을 수 없었고, 마리는 그렇게 7번째 삶을 마감했다. 마리와의 첫 만남부터 휴지와 함께 이름을 날렸던 추억들이 하나 둘 떠오르는 동시에 자꾸만 버림받았던 기억이 떠올랐다. 그 일처럼 마리가 나를 떠나서 영원히 사라져 버릴 것만 같아 주체할 수 없이 자꾸만 눈물이 새어나왔다. 어느새 마리는 어디론가 사라져 있었고 그의 피만 바닥에 고여 점점 차갑게 식어갈 뿐이었다. 싸늘해진 공기 속에서 그곳을 뒤로한 채 집을 향해서 힘없이 걸어갔다. 마당으로 들어서자 멀리서 휴지가 뛰어오며 이야기했다.

"형! 왜 이렇게 늦었어요? 마리 형은 찾았어요?"

"응."

"근데 어디 있어요?"

"내일 다시 올 거야."

"네?"

놀란 휴지를 두고 나는 집으로 들어왔다. 나를 맞아주는 것은 마리의 쓸쓸한 빈자리뿐이었다. 휴지가 무슨 말이냐며 밖에서 문을 긁어댔지만, 피곤하니까 자러 올라가라는 말만 반복하며 밖으로 나가지 않았다. 그러곤 마리를 찾느라 피곤했는지 나는 곧장 잠이 들었다.

언제나 그랬듯 이른 아침에 눈을 떴고, 함께 사는 인간은 사료와 물을 챙겨주곤 회사에 가는 듯했다. 왜 이렇게 허전한 느낌이 드는 거야. 아침부터 기분 나쁘게. 하여튼 마리 애는 죽어서나 살아서나 도움이 안 돼. 평소 다시 살아나는 경우에는 바로 다음날 죽었던 장소에서 같은 모습으로 깨어난다. 다쳤던 곳은 물론, 몸에 병이 생긴 경우에도 모두 나아서 처음 상태로 돌아온다. 어쨌든, 나는 지금 그

가로등 아래에 가보아야겠다. 휴지를 데려가야 하나 고민이 되었지만 밖으로 나가자마자 문 앞에서 기다리고 있는 휴지와 만나 별다른 선택지는 없었다.

"같이 가자고 할 거지?"

"네."

"내가 말려도 따라 올 거지?"

"응."

이렇게 단호하게 대답하는 것도 처음 보는 휴지의 모습이다. 밤새 얼마나 걱정이 되었을까 생각하니 어제 그냥 말해 줄걸 하고 후회가 되었다. 가로등으로 가는 길에 어제 있었던 이야기를 해 주었고, 휴지는 예상하고 있었던 일인지 고개만 끄덕였다. 다신 가고 싶지 않았고 보고 싶지도 않았던 장소지만, 마리가 있을 테니까, 있어야 하니까, 그리고 꼭 데려올 거니까, 그곳으로 향했다. 집과 가까운 거리에 있어서 금방 도착했고 어제 보았던 쓰레기들, 가로등 모두 그대로인데, 어떤 긴 머리의 인간이 하나 앉아 있었다.

"저 인간은 뭐지?"

혼잣말로 이야기했을 뿐인데 그 인간은 나에게로 시선을 보냈다. 그리고 나에게 달려오면서 자신이 다시 돌아올 거라고 하지 않았냐며 나를 가만히 두지 못한다. 이게 무슨 상황인 걸까. 인간은 고양이의 말을 알아들을 수 없을뿐더러 어제 일을 알고 있는 것처럼 이야기하잖아?

"나야 나, 마리. 8번째 삶의 진실을 알았어. 그리고 그 소문도 가짜라는 것도."

"정말 마리 형이에요? 신기하다, 진짜 살아나는구나, 모습은 왜 그래요?"

"우리 휴지, 나 많이 보고 싶었구나?"

이런 것들을 알고 있다면 정말 마리인 걸까? 그런데 왜 인간의 모습을 하고 있는 거야? 이것저것 물어보고 싶었지만 의심 가는 것들이 한두 가지가 아니다. 옆을 보니 휴지는 벌써 좋다고 그 인간에게 달려들었고, 그도 휴지에게 많이 걱정했냐며 달래주었다. 내키진 않지만 인간의 말을 한번 믿어보기로 했다.

"좋아. 속는 셈 치고 들어볼게. 무슨 일이 있었던 거야?"

"음…… 일단 네 집으로 가면서 얘기하자."

마리는, 아니지. 마리로 추정되는 인간은 휴지를 품에 안고 걸었고, 휴지는 편안했는지 그새 인간의 품속에서 잠이 들었다. 집 앞 계단에 걸터앉은 후에 그 인간은 휴지를 자신의 무릎에 눕혔다.

"이제 얘기해 봐. 그 망토는 만났어?"

"만났지. 눈을 감고 나서 시간이 얼마나 지났었는지는 모르겠어. 눈을 떠보니 그 장소 그대로더라고. 한밤중이었고. 사실 평소에는 죽었다가 눈 뜨면 바로 살아났잖아. 그런 것도 아닌데 내가 눈을 뜨니 신기해하고 있었어. 그런데 검정 망토를 두른 누군가가 내 앞에 서 있더라고. 자신을 '캡틴'이라고 소개하면서 정체를 드러냈는데 글쎄 고양이였어."

"고양이라고?"

"응. 인간처럼 두발로 서 있고 팔다리도 길고 키가 엄청 큰데, 생긴 건 고양이라서 나도 처음엔 헷갈렸지. 캡틴은 고양이의 생사를 관리하는 사람이래. 모든 고양이는 8번째로 살아나기 전에 한 가지 선택을 할 수 있는데 바로 인간으로 살아갈지 고양이로 살아갈지 고를 수 있다는 거야. 이건 일곱 번 모두 고양이로 살아간 고양이에게 주는 상이라나 뭐라나. 그 대신 인간으로 살면 딱 7일 동안만 살아갈 수 있어."

"뭐? 그럼 넌 그걸 선택했단 말이야? 일주일 뒤에 죽는대도?"

"넌 이해 못하겠지만 맞아. 그래도 뭐, 9번째 삶이 기다리고 있으니까 나름 괜찮은 선택지 아닌가?"

"…… 그동안 내가 인간들에 의해서 얼마나 상처받고 힘들어했는지 가장 잘 알잖아. 그렇게 인간이 나쁜 존재인지를 아무리 설명해 줘도 넌 지금까지 내 얘기를 단순히 흘려버렸다는 거야? 네가 죽었을 때도 그래. 그 괴상한 물건을 타고 다니는 건 인간들이야. 인간들 때문에 넌 죽었던 거라고. 그러면서도 인간이 되고 싶어?"

"말했다시피 그들이 한 행동들이 너에겐 안 좋게 느껴졌다는 건 인정해. 하지만 그게 인간의 잘못이었을지 아니었을지 어떻게 알아? 그들이라고 해서 널 버리고 싶었을까? 아니, 인간도 우리와 같은 마음일 거야. 그리고 내 생각엔 인간을 그렇게 만든 건 다른 외부의 것들인 것 같아. 난 너를 위해 인간이 되어서 그 질서를 알아보고 싶었을 뿐이야. 게다가 고작 이런 이유로 너에게서 멀어지고 싶지 않아."

"그래. 넌 네 마음대로 살아. 지금까지 우린 인간 때문에 원하지도 않는 삶을 수차례 살아왔어. 그들 때문에 죽고 산다는 게 나는 너무 억울해. 그동안 나한테 입에 발린 소리나 지껄였던 거라니. 봐, 인간이 되더니 이렇게 변해버렸잖아."

마리가 확실해진 그 인간은 무슨 말을 더 하려다 마는 눈치였다.

내가 인간을 얼마나 원망하며 살아왔는지를 가장 잘 알던 내 친구가, 인간이 되어서는 이제 그들 편을 든다니. 아무튼 그 인간이라는 녀석들 때문에 되는 일이 하나도 없어. 화가 난 마음을 주체하지 못하고 계단에서 뛰어 내려와선 계속 달렸다. 나도 모르게 맺힌 눈물이 앞을 가려 잘 보이지 않았지만 하염없이 달렸다. 얼마나 달려야 할지 몰라도 마리를 이해할 수 있다면 얼마가 돼도 달리고 싶은 마음이다. 소중한 친구를 잃고 싶진 않은데 어떻게 생각해 봐도 그를 이해할 수가 없다. 나만 참고 마리를, 인간을 대하면 모두가 행복해질까. 하지만 내가 받았던 상처를 모른 체 하고 내가 나를 포기하면서까지 그 관계를 유지하고 싶진 않다. 버려진 것에 대한 배신감, 길고양이 신세로 살며 매일 매일을 불안함에 떨던 기억, 밥을 찾지 못해 죽기도 했고, 인간들의 발길질을 당하며 화풀이 대상이 되기도 했다. 누구보다 행복해야 할 나인데, 내 삶의 주인공은 나여야 하는데, 그게 다른 사람이 되면 과연 행복해질 수 있을까? 난 아니라고 생각한다. 인간에게 받은 상처가 너무 크고 깊어서 몇 년 동안을 쉽사리 뿌리칠 수 없는 아픔 속에서 갇혀 살았다. 그런 내가 세상과 나 사이의 벽을 깨고 세상 밖으로 나올 수 있었던 것은 모두 친구들 덕분이었는데, 이젠 그들이 미처 다 아물지 못한 내 상처를 더 깊게 만들고 있었다.

그렇게 가로등으로 향하는 골목길 모퉁이를 돌아 뛰어가던 내 앞에 아주 밝은 하얀색의 불빛이 나를 가로막았다. 어찌나 눈이 부시던지, 그 자리에 멈춰 설 수밖에 없었다. 빛에 적응하고 나니 검은 동그란 모자를 쓴 인간의 형체가 보였고, 바퀴 두 개 달린 그 물건과 내가 마주하고 있다는 현실을 자각하게 되었다. 뒤에선 피하라고 소리

치는 휴지가 있었다. 뒤를 돌아본 순간 급브레이크를 잡는 '끼익' 하는 소름 돋는 소리와 함께 내 몸이 하늘로 떠올랐고, 눈물을 흘리며 날 바라보는 인간의 모습을 한 마리의 얼굴. 그게 내가 기억하고 있는 일곱 번째 삶의 마지막 장면이었다.

정신이 들자 머리가 지끈거리면서 아파왔다. 눈을 떠보니 그 길에 내가 엎드려 있었고 멀리서 구두 굽 소리가 들려왔다. 마리의 말과 똑같은 상황이 펼쳐지고 있었다. 그리고 구두소리가 점점 가까워지더니 어느새 반짝이는 검정 구두가 내 앞에 멈춰 섰다.

"네가 캡틴이라는 녀석이야?"

"그래. 난 캡틴이야. 고양이의 생사를 관리하고 있지. 모든 고양이는 8번째 삶을 시작할 때 선택을 할 수 있어. 이것도 들었나?"

"그래. 인간으로 일주일 간 살아 볼 것이냐, 평범한 고양이로 살 것이냐를 선택한다는 거."

"맞아. 그리고…… 네가 그들을 나쁘게 생각하고 있는 이유는 그들의 세계에서 살아 보지 못했기 때문이야. 인간들은 생각하는 것, 이야기 하는 것, 먹는 것, 생활하는 것 모든 것이 우리 고양이들과 달라. 그런데 그들의 행동을 우리의 관점에서만 보고 그를 판단할 수 있을까? 그게 올바른 판단이 될 수 있을까? 분명히 네가 인간들을 오해하고 있었던 부분이 있을 수 있다고 난 생각해. 어때, 그들의 세계가 궁금하지 않니?"

"왜 이런 말을 나에게 해주는 거죠?"

"왜냐면 난 캡틴이니까. 이 얘기를 듣게 되는 고양이들은 앞으로 두 번밖에 살아날 기회가 없어. 그래서 마지막인 만큼 더 좋은 선택을 할 수 있게 도와주는 거야. 고양이들만 누릴 수 있는 혜택이 넌 왜 주어진다고 생각하는데? 9번째 삶은 다시 고양이로 돌아가기만 할까? 왜 인간으로 살아 보게 해주는지 잘 생각해 봐."

"설마, 인간으로…… 살 수 있게 되는 거예요?"

"그 얘기는 여기까지. 시간이 별로 없으니 이제 선택해. 인간이야, 고양이야."

캡틴은 얄미운 미소를 지으며 재촉했다. 생각해 보면 세상에서 가장 싫었던 인간이라는 것들이 마리와 캡틴의 이야기를 듣고 나니 그들의 세계가 궁금해지기 시작했다. 무엇보다도 굳이 겉으로 티를 내진 않지만 아직 4번째 삶의 집사가 그리워 이 마을을 떠나지 못하고 있는 나로서는 그의 마음을 이해하기 위한 수단이 절실히 필요했다. 내가 마음을 담아 사랑했던 집사에 대한 기억을 이렇게 가지고 있고 싶지 않아서, 그리고 마리와 멀어지고 싶지 않아서 나는 결심했다.

"인간이요."

꽃가루

이연진

물에 모래를 넣은 것처럼 희뿌옇게 공기를 가득 메우고 있는 미세먼지가 군집하고 있다. 간간이 도시의 불빛들이 아른하게 보이고, 나는 창밖의 풍경을 보고 언제 신발을 신을 수 있을지 생각했다. 현관은 신발의 눅눅한 발 냄새가 거실을 향하려 할 것이다. 인터넷 신문은 모두 꽃가루 바이러스를 어떻게 대응할 것인지 말하고 있다.

얼마 전부터 번지기 시작한 꽃가루 바이러스라는 이름이다. 꽃에 이것들이 침투하여 봄철 꽃과 함께 꽃가루가 날리며 사람에게 번지기 시작했다. 증상은 꽃가루 알레르기와 같았다. 하지만 알레르기가 폐렴과 같은 증상을 내며 하루에 몇백이 격리실에 갇혀있다. 처음은 아무도 이 증상이 바이러스라고 생각하지 않았다. 그저 한 번씩 지나가는 꽃가루 알레르기라고 여겼다. 이후 알레르기가 없는 사람들에게 증상이 생겨나니 모두 이상함을 느끼고 병원으로 갔다. 그 수가 굉장히 많고 시간이 조금 지나 호흡기 증상이 있는 환자가 늘어났다. 후에는 따뜻한 봄날 꽃을 보지 못하고 눈을 감는 사람들이 나오자 정부는 위험을 느꼈다.

바이러스는 사계절이 뚜렷한 중위도의 나라에 퍼졌다. 사람들 사이에도 증상을 옮기는 바이러스이니 다른 나라들은 급히 입국 금지를 선포했다. 우리나라 사람들은 각자 집에서 거의 모든 활동을 다 했다. 밖에서 야근을 하던 직장인들은 이제 집에서 야근을 해야 했다. SNS에서 사람들의 글을 보고 나는 조용히 '좋아요'를 누르며 위로하였다.

눈을 즐겁게 해주던 꽃들이 반란을 일으킬 줄은 모두 몰랐다. 뉴스에서는 내가 고등학교에 재학 중에 생겨난 코비드와 같은 팬데믹보다 더 심할 수 있다고 모두 조심하라는 경고를 주었다. 나는 고등학교 때의 고생을 떠올리며 지금의 학생들도 힘들겠다고 생각했다. 고등학교 입학 전 친구들과 꽃놀이를 가자고 해놓고 코로나 때문에 미루고 미루다 결국 성인이 돼서야 꽃놀이를 가게 되었다. 수업은 온라인으로 진행하니 낯선 느낌에 자주 출석 인정이 안 될 뻔한 적도 있었다. 괜히 공부하는 의욕이 없어졌던 것 같았다. 생각보다 친구와의 만남이 중요하다는 것을 그때 알게 되었다.

그때와 비슷한 점은 내가 재택근무를 하게 되었다는 것이다. 거의 넉 달 가까이 지속되었으나 거의 씻지도 않았다. 혼자 사는 나에게는 낮과 밤이 엉킨 실처럼 엉망이 되기 마련이었다. 나는 프리랜서 작가이지만 편집자와 퇴고를 할 때가 많아 작품을 객관적으로 보는 눈이 떨어졌다. 그나마 나의 일상을 지켜주는 것은 이틀에 한 번 엄마에게서 오는 전화벨 소리가 울릴 때이다. 그 경쾌하고 밝은 소리는 나의 일상을 지켜주겠다고 말하는 것 같았다. 엄마의 안부 전화는 항상 똑같았다. "밥은 먹었냐", "필요한 건 없냐", "집에 들러라" 이런 상투적인 말에 나는 똑같이 "네"라고 답할 뿐이다. 그럼에도 엄마가 말하고 싶은 것이 무엇인지 알 수 있었다. 엄마도 나와 같이 집에서 생활한다고 했다. 아빠의 가게도 지금은 잠시 문을 닫은 상태여서 집에서 시간이 흘러가는 것을 보고 있다고 하였다.

　나는 일 이외의 시간을 거의 스마트폰과 컴퓨터로 보낸다. 유튜브에는 지금이 기회라는 듯 동영상이 끊임없이 올라오기 시작했고 나는 그 동영상들을 벗어날 수 없었다. 요리를 어떻게 해 먹으면 맛있는지 요즘 재미있는 게임은 무엇인지 같은 많은 동영상이 있었다. 나의 일과는 전혀 연관이 없음에도 그 동영상과 함께 밤을 보내며 아침 햇살을 보는 일이 잦아졌다. 그 후 나는 게임에 빠지게 되었다. 게임 캐릭터와 그 주위의 NPC의 스토리를 읽으며 퀘스트를 해결하는 RPG 게임이었다. 나는 한동안 일을 마치고 맥주를 컴퓨터 옆에, 바삭한 과자는 맥주 옆에 놔두고 게임을 했다. 생각보다 내가 이 게임을 즐기고 있어 놀랐다. 아이들이 즐길 법한 그래픽이었지만 스토리가 상당히 재밌었다. 그렇게 나는 한동안 일 외의 시간이 비면 컴퓨터와 스마트폰에 거의 모든 시간을 바쳤다.

　그날은 왠지 모르게 굉장히 잠이 왔다. 열 한시를 향해 시계가 움직이고 있었다. 나에게는 이른 시간이지만 그날따라 작품에 집중이 잘되어 밤을 새웠다. 후폭풍으로 잠이 오기 시작했다. 오늘은 금요일이고 내일부터 주말은 쉬는데도 불구하고 나는 눈은 빨강으로 충혈이 되었다. 느리게 욕실로 걸어가 이를 닦고 샤워하고 머리를 감는 순으로 씻었다. 머리에 거품을 내며 눈에 거품이 들어가 따가움이 느껴졌음에도 나는 잠이 깨지 않았다. 노곤한 기분을 지속하며 침대에 쓰러지듯 누웠다. 나는 잘 때 팝송을 들으며 잠들었다. 하지만 오늘은 음악을 듣지 않고도 눈 위에 무언가가 얹어진 듯 스르르 잠이 들었다.

아무것도 보이지도 들리지도 않았다. 밤이었다. 도시의 밤과 다르게 창밖으로 보이는 자동차들의 행렬 빛이 보이지 않았다. 별도 보이지 않는 어둠에서 내 눈이 어둠에 익숙해지길 기다렸다. 나는 침대에서 천천히 일어나 방의 전등을 밝히려 문 앞 벽에 가까이 다가갔다. 불이 들어오지 않아 '딸깍' 소리를 반복했다. 곧이어 나는 불을 켜는 것은 포기하고 컴퓨터 앞에 앉아 전원 버튼을 눌렀다. 하지만 내가 손가락을 갖다 댄 자리에는 푸른 불이 들어오지 않고 검은빛을 내었다. 나는 전기가 나갔거나 컴퓨터가 고장이 난 것이라 생각했다. 나는 휴대폰을 찾으러 손을 뻗었다. 하지만 어둠에 눈이 익숙해지더라도 작은 휴대폰을 찾는 것은 어려웠다. 책상에 부딪혀 가며 손을 더듬거린 끝에 폰을 찾게 되었다. 휴대폰의 전원을 눌렀지만 휴대폰도 켜지지 않았다. 나는 혹시 휴대폰이 꺼졌을까 봐 다시 꾹 눌러보지만 아무 반응이 없이 진동만 울릴 뿐이다. 연락망이 아예 끊어져 버려 나는 나갈 준비를 하였다. 나는 주섬거리며 어두운 집에서 옷을 찾았다. 색이 어떤지는 전혀 모르겠지만 밖이 밤인 것 같으니 다른 사람들도 크게 신경 쓰지 않을 것 같았다. 옷을 겨우 다 입고 삼중 필터가 되는 마스크를 귀에 걸으며 현관에서 신발을 신었다. 현관문을 열려는 순간 문이 열리지 않았다. 나는 꽃가루 바이러스가 더 심해져서 이렇게 된 건 아닐까 하는 엉뚱한 생각을 하였다.

나는 성냥으로 주위를 밝히게 되었다. 선물로 받은 아로마 향기가 나는 촛불에 불을 붙였다. 어둠에 익숙해진 눈을 순식간에 밝게 해주는 촛불을 나는 신문물을 발견한 사람처럼 호기심 어린 눈으로 바라보았다. 조금 시간이 지나니 그 눈도 빛을 잃었다. 촛불이라 형광

등보다는 많이 밝아지지 않았다. 곧 그렇게 갇혀 살다가 나는 아무것도 하지 않기로 했다. 그렇게 결심한 것이 아니라 아무것도 하고 싶지 않았다. 침대에 누워 자고 일어나서 천장을 봤다. 내가 왜 이렇게 되어 있는지, 왜 아무도 없는지 생각을 하다 잠이 오면 잤다. 그렇게 반복을 하니 나의 역할은 없는 것처럼 느껴져 여기 있을 필요가 없다고 생각되었다. 몇 번 자고 일어났을지 세는 것이 귀찮아졌을 때쯤에 굉장히 시끄러운 소리가 들려왔다. 야생의 동물들이 한꺼번에 나를 향해 달려오는 발소리 같았다. 정말 시끄럽고 듣기 거북한 소리였다.

일어났을 때는 엄마의 전화가 핸드폰에 울리고 있었다. 진동을 가장 크게 설정해 놓아서 휴대폰도 진동이 일 때마다 옆으로 이동하고 있었다. 내가 꿈을 꿀 때의 기분과 같이 사정없이 흔들리는 폰을 잡고 통화 버튼을 눌렀다. 매일 하는 식상한 대화는 오늘도 같았지만 오랜만인 것 같은 질문에 나는 "네."라는 형식적인 대답이 아닌 "엄마는 어때?"라며 반대로 질문을 던졌다. 엄마는 나의 태도에 낯설어하지 않고 작품은 잘 되는지, 반찬이 부족한 건 없는지 물어보았다. 오랜만에 전화 시간이 길어졌다. 엄마의 목소리가 들리지 않자 전화가 끊겼다는 것을 알았다. 나는 시간을 확인했다. 오후 1시 38분이었다. 분명 어제 열한시의 언저리에 잠들었다. 열두 시간 이상을 잔 나는 놀라움에 스스로에게 박수를 쳐주고 싶어졌다.

자고 일어난 뒤의 나는 꿈을 다시 생각해 보았다. 조금만 더 옛날에 꽃가루 바이러스가 퍼졌다면 꿈속의 나처럼 그런 기분을 느끼지 않을까 싶었다. 그때의 집은 차갑고 빈 공사장에 홀로 놓여있는 컨테이너 박스였다. 의욕을 상실한 나는 내가 보아도 꼴사나워 보였다. 조금만 더 옛날이었으면 그럴 수도 있을 거란 생각이 들었다. 조금 겁을 먹으며 꿈에서 느꼈던 차가운 공기를 환기시키기 위해 휴대폰의 연락처를 찾아보았다. 제일 먼저 눈길이 닿은 번호는 중학생 때부터 친하게 지낸 정우였다. 각자 일을 하고 만날 여유가 없어지자 자연스레 서로 연락이 뜸해졌다. 메시지창을 들어가 보니 마지막에 했던 대화는 작년에 생일이 늦은 정우에게 축하 메시지를 보낸 나의 대화가 마지막이었다. 나는 충동적으로 전화를 걸었다. 갑자기 온 전화에 정우가 놀랄 수도 있겠다고 생각했다. 하지만 나에게는 주위에 사람이 있다는 것을 확인해야 안심이 될 것 같았다.

통화음이 울리기 시작했다. 통화음이 다섯 번 울리기 시작했을 때 나는 정우가 못 받을 것이라고 생각했다. 그리고 여덟 번째 통화음이 울리기 시작하기 전에 '달칵' 하는 소리와 함께 상대가 전화를 받았다는 화면이 보였다. 서로 처음의 대화는 "여보세요."였다. 그 후 조금의 침묵을 가졌다.

"어. 정우야. 요즘 뭐하고 지내냐?"
"요즘에 학원 휴무로 돌리고 쉬고 있지. 다 힘들어."

어색함을 티 내지 않기 위해 나답지 않게 먼저 분위기를 밝히려 대화를 이끌었다. 나는 엄마의 질문과 같은 말을 하였다. 조금 다른 점이 있다면 그보다 더 어색하다는 것이다. 정우는 댄스학원 강사로 일하고 있다고 했다. 요즘에는 꽃가루 바이러스 때문에 휴무로 돌려서 쉬고 있다고 자신의 근황을 말해줬다. 한동안 서로 연락하지 않아 조금 어색한 시간은 금방 지나갔다. 조금의 시간이 지나자 서로 하고 싶은 말이 많아 서로의 소리가 겹치고 그러다 웃으면서 어렸을 때의 분위기로 돌아와 있었다.

"나 꿈꿨다."
"뭔데?"
"그냥 개꿈 같은데 찜찜해서."
"그니까 뭔 꿈인데?"
"아니, 그냥 우리 조금만 옛날이면 꽃가루 터졌을 때 전화도 못했을까?"
"그럴 리가 없지 꽃가루가 전기선 타고 가는 것도 아니잖아."
"그렇지?"

나는 답지 않게 솔직해지며 부끄러운 이야기를 꺼내기 망설였다. 정우의 솔직한 이야기에 나는 조금 부끄러운 마음이 들기도 했지만 응어리 채로 떼어내는 기분이 들었다. 즐겁게 이야기를 하다 정우의 목소리 뒤에서 들려오는 목소리에 그만 전화를 끊었다.

그 후에 몇몇 친구들에게 전화를 더 걸었다. 다들 어색한 듯하면서도 끝에서는 웃으며 대화하고 있었다. 다른 친구들은 집에만 있다고 하는 애들도 있었고, 자신의 회사는 직접 출근을 해야 한다고 한

탄하는 아이들도 있었다. 그중 예린은 간호사여서 병실에서 퇴근을 못 한 채 살고 있다고 말했다. 그런 말을 하면서도 예린은 다른 한탄하는 아이들과의 말투와는 달랐다. 잠을 서서도 잔다고 말하고, 밥을 먹다가 말았다는 일도 있었고, 투병 중 자신에게 불만을 토로하며 항의를 하는 환자도 있었다고 말했다. 그러면서도 그만두지 않을 듯한 단단한 목소리였다. 나의 생활과는 전혀 다른 치열한 일상에 놀랐다. 같이 있으면 어리광을 부렸던 예린이 이런 단단한 사람인 줄 몰라서 더 놀랐던 것 같다. 예린은 너무 한탄만 한 것이 조금 불편해졌는지 나에게 미담을 말해주었다.

"우리나라 생각보다 정이 많아."
"왜?"
"우리 병원에 택배가 자주 오는데 병원 물품을 빼고는 거의 기부 택배더라. 우리 수고했다고 오는 빵이 든 상자나 간식들이 오는 걸 보면 조금은 할 만하다고 생각된다?"

그녀는 그 외에 아이들이 자신이 만든 손편지를 건네주거나 직접 만든 선물을 택배로 보내 줄 때의 이야기를 하였다. 목소리만 들려서 확실하지는 않았지만 말이 빨라지는 것을 보고 보람 있다는 것을 알 수 있었다. 조금 뒤 그녀를 급하게 부르는 목소리가 들려오자 우리는 통화를 종료했다.

예린과 통화를 하고 우리 집을 둘러보았다. 꿈에서 본 차가운 컨테이너 박스는 어디에도 없었다. 꿈속과 같은 풍경이었지만 온기가

117

맴돌고 사람이 사는 집 같았다. 이제 냉기가 날아간 기분이 들자 나는 주변 친구들에게 전화하는 것을 그만두었다. 나는 컴퓨터 앞에 앉아 게임을 삭제했다. 그동안 키웠던 캐릭터를 없앤다고 하니 시원섭섭한 기분이었다.

그 후 못 먹은 끼니를 때우러 부엌으로 향했다. 남은 식재료는 얼마 없었지만 간단히 볶음밥을 해 먹을 생각으로 듬성듬성 남아 있는 야채들을 썰었다. 프라이팬에 간단히 볶아 거실의 TV 앞에 앉았다. 채널을 돌리다 뉴스가 시작하고 있었다. 뉴스에는 아직 꽃가루 바이러스 확진자가 40명이 늘었다고 말했고 앞에 감염되었던 확진자 한 명이 증상을 호소하지 않자 격리 기간을 줄일 것을 생각한다고 하였다. 그리고 잠시 의료진의 모습을 보여주었다. 예린에게 전화를 끊기 전에 응원 한마디를 할 걸 그랬다.

조금의 후회를 남겨두고 작은 창문에서 보이는 도시를 바라보았다. 여전히 꽃가루인지 미세먼지인지 모를 뿌연 연기가 도시를 뒤덮고 있었다. 봄이라는 계절에 어울리지 않게 꽃잎을 보기가 두려워지는 것은 무엇 때문인지 생각을 했다. 그럼에도 희뿌연 하늘에게 간절히 그리고 조심히 빌어본다.

눈보다 하얀 사과

이예슬

사람들이 모인 곳에는 이야깃거리가 생기기 마련이다. 지난 우리 이야기의 중심에는 하얀 사과가 빛나고 있었다. 하얀 사과는 동시에 한 달 전 SNS를 뜨겁게 달군 주인공이기도 했다. 그것의 처음과 끝을 궁금해하는 사람은 한두 명이 아니었고, 나는 둘 모두를 알고 있는 유일한 사람이었다. 사람들의 관심으로 노릇하게 데워진 하얀 사과는 내가 제보한 한 영상으로 인해 냉랭해졌다. 그 처음과 끝에 연관된 사람은 영상의 주인공인 학교 근처에서 사과를 파는 아저씨였다.

한 달하고 2주 전, 아저씨가 나타났다.

"학생, 사과 하나 살래?"

그때 나는 학원을 가야 했는데 이상한 잡상인한테 붙잡혔다.

학교 마치고 친구들과 학원가는 길, 학교 앞 횡단보도에는 항상 나물이나 과일을 파는 사람들이 있다. 길 건너편 학원을 다니는 나는 평소처럼 횡단보도를 지나쳤다. 그런데 오늘은 처음 보는 사과 파는 아저씨가 사과를 특별히 천 원에 2개를 주겠다며 나와 내 친구들을 붙잡았다.

"안 사요."

"아니, 사과 두 개에 천 원이면 거저 준 거랑 마찬가지야!"

"굳이 사과를 거저 받고 싶지 않아요."

"그럼 제 값에 사가."

아저씨 말이 어이없기도 하고 학원에 갈 시간이라 우리는 서로를 보며 웃고는 횡단보도를 건너갔다.

"저 아저씨 유머러스하시네."

유쾌한 농담 덕분인지 학교 앞 횡단보도의 사과 파는 아저씨는 얼마 지나지 않아 애들 사이에서 유명해졌다. SNS에 경험담을 올리는 경우도 생기면서 소소한 화제가 되기도 했다.

어떤 날에는 친구가 사과 사려고 돈도 가져왔다며 한 봉지 사서는 학원에서 사과 파티를 하고는 했다. 학원 선생님은 사과를 깎았고, 우리는 문제를 풀었다. 사과 알맹이와 껍질이 각자의 방향으로 떨어져 나가는 소리와 샤프가 종이 위를 활주하듯 움직일 때마다 샤프심이 조금씩 깎여나가는 소리가 어우러져 사각거렸다. 싱싱한 사과 향과 함께 사각사각한 하루를 보내는 날도 있었다.

2주가 흐르고, 문제가 해결되기 한 달 전쯤이 되었다. 이맘때에 하얀 사과에 대한 얘기가 SNS를 타고 우리 삶으로 녹아들었다. 그때의 하얀 사과는 유튜브 알고리즘처럼 알고 싶지도, 왜 나에게 말해 주는지도 모르겠지만 알려주면 일단 클릭하는 정보 정도로 이름을 알렸다. 하얀 사과는 알고리즘을 탔고 주변 사람들의 절반 정도는 그것에 대해서 들어보거나 알고 있었다.

"야, 너 하얀 사과라고 들어봤어?"

"아, 그거? SNS에 나온 걸 믿냐? 그거 다 가짜 뉴스야. 거짓 사실 유포 같은 거라고."

"역시 사과하면 학교 앞 사과 파는 아저씨지, 어차피 학원가는 길 앞인데 잠깐만 물어보고 가자."

소신 있고 당당하게 주장한 나의 거짓말이라는 의견은 결국 친구들의 호기심에 쓸려나갔다. 다수결이 이럴 때 안 좋은 것 같다. 내가 다수라면 상관없지만 지금은 내가 소수니까 어쩔 수 없다고 받아들이는 수밖에 없었다.

"내일 토요일이니까 관대하게 5분 기다려줄게. 그 안에 대화 안 끝나면 난 니들 버린다?"

마음씨 고운 나는 기다리겠다고 약속했고, 그 덕에 학원가는 길에 아저씨와 하얀 사과 얘기를 5분이나 듣고 있어야 했다. 50초만 기다릴 거라고 해야 했다. 공부외의 일이라면 단 1초라도 알차게 사용하는 놈들인 걸 알고 있으면서도 5분을 제시한 내가 죄인이다.

나는 짜증이 났지만 어차피 학원 바로 앞이었고, 내일이 토요일이라서 견딜 수 있었다. 내일이 목요일이었으면 친구고 뭐고 다 버렸을 것이다. 친구들을 기다리는 동안 심심해서 신호등도 한 번 쳐다보고, 친구들이 뭐라는지도 들어보고, 아저씨 답변도 듣고, 이제 곧 다가올 행복한 주말을 꿈꾸며 즐거워하다가, 5분이 끝났다. 내 5분.

학원에 있는 다른 친구들도 사과에 대한 소식을 들었는지 그에 대한 얘기가 여기저기에서 들렸다.

"SNS봄?"

"아, 그 사과 어쩌고?"

“어 그거. 아니 애초에 사과가 하얀 게 말이 되냐?”

“있다는 사람도 있던데?”

“넌 또 그걸 믿냐.”

학교에서도 모자라 학원에서까지 온통 사과 얘기만 들었다. 다들 사과가 눈처럼 하얗다는 얘기가 신기한지 자꾸만 타령을 한다. 마치 아침 알람 소리 듣는 것 같았다. 매일 아침 알람을 끌 때처럼 ‘내가 미안해, 잘못했어, 진짜 제발 그만 좀 해. 너 삭제한다?’ 이런 내적 갈등이 생겼지만 친구의 언어생활을 삭제할 권능이 없었다. 차라리 타령에 맞춰서 내적 추임새를 넣는 것이 삶에 도움이 될 것 같았다.

“너네 하얀 사과라고 알아?”

‘얼쑤……. 아니, 대체 어떤 놈이…….’

학원 스승이셨다. 놈이 아니라 님이셨다. 신속하게 미간의 주름과 주먹으로 구부린 손가락을 폈다. 내 성적을 책임져 주시는 스승의 은혜를 마음에 새겨 욕이 분출하는 상황을 모면했다. 내 인생이 이렇게 고통받다가 끝나는 삶이 아니길 바랐다.

스승의 권위에 도전할 뻔한 다이나믹했던 수업시간이 끝나고, 마음껏 살아도 되는 자유의 시간이 찾아왔다. 그 말은 즉 사과 얘기를 하는 인간, 아니 사랑하는 친구가 있다면 짜증을 내도 된다는 뜻이다. 어차피 친구 사이에서는 웬만한 것은 다 쌍방이니 내가 짜증을 냈다고 궁시렁대면 왜 나한테 그러냐며 더불어 궁시렁거리면 되는 일이었다.

“아니 그니까 하얀 사과가 어딨냐고. 야, 넌 질리지도 않냐 그놈의 사과.”

“딸기도 만년설 딸기라고 하얀 거 있는데 사과는 없겠냐?”

"넌 공부도 잘하고 똑똑한 애가 이런 머리는 안돌아가니 친구야."

눈보다 하얀 사과라니, 그런게 어디 있냐는 반문 한 번 잘못했다가 내 지능까지 의심받았다.

상종을 하지 않는 게 신의 한수라고 생각할 때쯤 내 의견이 존중받기 시작했다. 나와 같은 생각을 하는 친구들이 상당히 있었다. 음지에 존재중이라 몰랐던 것이다. 난 처음에 어떤 화제에 대해 무반응하다는 것은 생각이 없는 것이고, 생각을 하지 않는 것은 무책임한 행동이라고 생각해서 친구들의 말에 하나하나 반응해왔다. 다시 생각해 보니 무반응은 마냥 나쁘거나 부정적이지만은 않은 선택지였다. 적어도 스트레스에 대한 부분은 자세한 반응보다 덜할 것 같고 좋아 보인다. 숨어있던 친구들은 자신의 생각만큼 타인의 생각을 존중한다고 반박하지 않거나, 아예 상종을 포기했던 것뿐이었다. 그런 애들이 이제는 나를 도와주려고 음지에서 벗어나 양지로, 뭍으로 하나둘씩 올라와 주었다. 눈이 부실 텐데 모두들 선글라스는 챙겨왔는지 모르겠다.

"너네는 학교에서도 그러더니 학원까지 와서도 사과 얘기만 하는 이유가 궁금하다. 참 집념의 한국인 납셨다, 그지?"

"이러다가 논문 하나 딱 내야지. 사과의 비밀, 사과가 하얀색인 것은 과학적으로 가능한 것인가. 아주 노벨상감이야. 축하해."

"딸기는 딸기고 사과는 사과지. 원숭이는 나무 잘 타던데 넌 왜 그런 거 못하니 친구야."

아침부터 하던 얘기 지겹다는 주제의 반론이 학익진처럼 문제 제공자들을 둘러쌌다. 그들은 반론과 더불어 내 어깨에 손을 올리고 우리도 우리지만 너도 이거 견딘다고 힘들었겠다며 토닥여줬다. 이 사랑스러운 은인들에게는 집에 갈 때 추파춥스 하나라도 물려줘야겠다. 잠시 생각해 보니 내가 지금까지 고통받은 거 아는 애들이었는데 이제야 도움을 준 거였다. 추파춥스는 내가 먹어야겠다. 감동은 받았는데 나도 사람인지라 약간 괘씸하다.

사랑을 담아, 사랑하는 만큼 시비 거는 화법의 소유자들의 토론을 빙자한 돌려 까기는 점점 막장으로 흘러갔다. 서로 나오는 대로 말하다 보니 친구들과 때아닌 백분 토론을 하게 되었다. '하얀 사과는 실제로 존재하는 것인가 아니면 SNS가 만들어낸 허상인가'를 주제로 열심히 떠들어댔다. 수행평가가 아니라서 열심히 할 이유가 없었지만, 하다 보니 승부욕이 불타 발언 도중에 피토할 뻔했다. 나는 목에 핏대가 솟는다는 말을 삶으로 체험했다. 그걸 직관한 상대편에게 기립박수까지 받았다. 상대는 졌지만 잘 싸웠고, 내 편은 이겼지만 과한 느낌이었다는 나름의 결론도 내렸다. 우리는 아무튼 좋은 토론이었다며 박수치고 악수했다. 이 토론 과정을 지나며 약간 성장한 느낌이 나기도 했다.

아무튼 좋았던 토론이 다시 시작될 낌새가 보이자 우리 강경 사과 허상파는 평화 협정을 제안했다.

"과일 하나에 우리의 청춘을 쏟을 순 없지 않겠습니까?"

"지화자, 잘한다!"

머리 하나는 잘 돌아간다는 축복을 받으며 자란 탓에 날이 갈수록 잘 돌아가는 내 머리가 찬반측 모두의 심금을 울리는 해결책을 떠올렸다.

"우리, 떡볶이 먹으러 갑시다."

이 내용을 들은 친구들은 긍정적인 반응을 보내주었다.

"이거는 21세기의 솔로몬이다."

"인정합니다. 인생 2회차급의 발언이었어요. 흡족합니다."

약간의 재치와 지혜로움으로 우정도 지키고 청춘도 지켜냈다. 참으로 귀중한 결론이었다. 떡볶이로 맺은 종전 선언이 널리 알려지면서 학교에서도 학원에서도 하얀 사과 대신에 떡볶이에 동의하는 친구들이 압도적으로 많아졌다. 몇몇 친구들은 그 대신 아이스크림에 동의하기도 했다. 물론 걔들은 떡볶이 먹고 2차로 후식으로 동의한 것이다.

우리의 청춘이 고추장과 밀가루 떡, 튀김 등의 탄수화물과 유지당류로 물들어 갈 때쯤, 하얀 사과는 우리들만의 작은 해프닝으로 끝났다. 아니, 끝날 뻔했다. 나는 미디어의 힘을 간과했다. 눈보다 하얀 사과 얘기는 우리 학교에서만 화제가 된 것이 아니었다.

거기에 더불어 키보드 워리어들이 SNS에서 판을 키우고 있었다. 욕이 성대까지 찰랑찰랑 차올랐다. 범람하는 비속어를 마음에만 담고 이웃을 사랑하며 착하게 살기로 했다. 지구촌 이웃도 나의 이웃이니, 떡볶이로 대동단결한 우리처럼 그들도 잘 해결되기를 기도했다.

그래도 SNS는 금방 잠잠해질 것 같은 느낌이 들었다. 하지만 느낌 뿐이었다. 이후 SNS는 불타오르기 시작했다. 역시 감은 믿을 게 못 된다. 나는 직감 대신 오감 중심으로 삶을 계획해야겠다는 목표를 세웠다.

초반에는 당연히, 상식적으로, 그런 사과가 이 세상에 어디 있겠냐는 의견이 대부분이었다. 100 대 1 정도의 비율로 간간이 나타난 하얀 사과가 있을 것이라는 믿음을 가진 순수한 영혼들이 모든 핍박을 맨몸으로 받아내고 있었다. 이후 그 믿음에 의한 고난을 본 사람들이 이제는 저 사람들의 순수함을 지켜주자고 단결하던 감성적인 시점에 반격이 시작되었다.

하지만 그 반격은 압도적으로 하얀 사과를 농담, 허언 취급하던 반대 의견에 비해 메마른 지지층들에게는 그 무엇보다 단비가 되었다. 자신이 하얀 사과를 직접 봤다는 증언부터 자주 먹는다는 얘기, 심지어 자기가 하얀 사과 재배자라는 사람도 나타났다. 내 친구들보다 더한 놈들이 나타났다. 그 사람들이 올린 사과 사진은 정말로 눈처럼 새하얗게 보였지만, 포토샵의 힘을 빌렸다는 생각이 들었다. 수없이 쏟아지는 허언으로 보이는 증언들로 이건 정말 너무하다는 생각에 나는 내 SNS 계정을 기쁜 마음으로 삭제할 수 있었다. 저런 글을 볼 바에 차라리 교과서를 5회 독하는 게 낫겠다. 계정 삭제의 기쁜 마음이 묻힐 만큼의 정보와 파급력 때문에 관련된 기사가 떠밀려 오듯 나왔다. 어디서나 화제가 된 주제에 얘깃거리, 기삿거리, 사설거리가 따라 붙는 것은 연예인에게 파파라치가 달라붙는 것처럼 당연하고도 익숙한 것이다.

[SNS를 강타한 ○○○○, 그 정체?]
[하얀 사과. 일부 네티즌 '그건 허언'이라 밝혀……]
["예, 제가 바로 하얀 사과 재배잡니다."]
[요즘 핫한 sns대첩, 사과가 하얀 것에 대하여……]
[하얀 사과 포토샵 논란 '요즘은 포토샵으로 성형도 하는 시대'……]
["아, 하얀 사과요? 저 그거 자주 먹어요!"]
[하얀 사과가 알고 싶다.]

어떤 방송사는 그 반응들을 모아 뉴스로 제작하기도 했다. 영향력이 큰 방송사는 아니었지만, 뉴스 타이틀을 '하얀 사과'라는 단어로 장식해서 해당 영상이 유명해지는 것은 시간 문제였다. SNS에서 불티나게 날아다니는 뉴스 때문에 내 멘탈은 가루가 되어 반짝였다. 나 혼자만이 아니라 떡볶이 동맹 모두가 그랬기에, 우리의 멘탈이 눈에 보이는 상태였다면 얼굴 주변에 은하수를 수놓았을 것이다.

건강한 정신세계의 소유자였던 우리들도 사회의 혼란스러움 앞에서 넘어지고 말았다. 그 사과에 대한 뉴스가 너무 크게 나버렸고, 여기저기서는 사과에 대한 백분 토론을 백분 넘게 하고 있었다. 떡볶이 연맹은 좋았던 추억으로 새기도록 했다. 잠잠해지길 기다리며 미뤄두는 수밖에 없었다.

하얀 사과라는 말이 화제가 된 순간부터 아무도 그것에 대해 오래도록 신경 쓰고 싶은 사람은 없었지만, 신경을 쓰지 않을 수 있는 환경이 아니었다. 옆에서 계속해서 한 이야기를 하게 된다면 그것이 사실이든 사실이 아니든 귀를 기울이는 수밖에 없는 것은 사실이다. 그 사람의 상태는 본인이 미치는 영향도 크지만 그보다 더 크게 주변 환경이 복잡하고 혼란스럽다면 그때는 주변 상황에 자신을 맡겨버리는 일이 다반사다. 우리들은 원래 진로, 학업 등으로 혼란스러운데다, 환경의 영향도 중요한 편이라 우리는 원래 자신의 태도를 잃어버리지 않는 데도 힘이 들었다.

처음에 떡볶이 연맹을 맺을 때 떡볶이를 먹는다는 것은 기본 떡볶이에 치즈를 얹고, 남는 국물에 김 가루 뿌린 밥을 비벼 먹는 행위를 의미한다. 뭐 이렇게라도 정해둘 걸 그랬다. 그랬다면 얘기가 달라졌을지도 모른다. 거기에 볶음밥을 볶았으면 애들은 강경 하얀 사과 농담 취급파가 되었을 것이다. 그럼 지금처럼 흔들리고 혼란스러울까 하는 물음이 계속 생각났다. 후회가 양 어깨를 눌러 성장을 방해했다.

그놈의 뉴스는 저녁 뉴스를 보려고 텔레비전을 틀기만 해도 첫 순위로 나왔다. 후회라는 감정은 저녁 감성을 삼키고 자라나더니 옛날의 자신을 뛰어넘고, 한계를 초월했다. 그러더니 더 강해진 슬픔의 모습으로 나타났다. 그런 뉴스가 눈에 들어올 때마다 누가 나를 굿거리장단으로 후려치는 듯한 기분이었다. 덩기덕 쿵더러러러 쿵기덕 쿵덕. 너무 슬프면 아프다는 말이 이제야 이해가 된다. 슬픔이 아니어도 이미 힘든데 거기다가 아픔도 나를 괴롭히니까 속상하고 억울한 나머지 핸드폰을 던져버렸다. 곧바로 후회했지만 내 본능은 아직 이번 달 데이터도 다 못 쓴 소중한 핸드폰을 침대로 던졌다. 감은 못 믿어도 본능은 한 번 믿어봄 직한 것 같다.

그러던 중 사과 뉴스에 대한 반항이 일어났다. 해당 뉴스를 접한 사람들은 가짜 뉴스 같다며 온라인 사이트 곳곳에서 토론이 이루어졌고, 학교와 학원에서도 하얀 사과는 그냥 한 번 해본 말일 것이라는 의견이 날마다 늘어났다. SNS는 가짜 뉴스라는 의견을 싣고 2차 파도를 일으키며 돌진했고, 시간이 지날수록 하얀 사과는 없다며 사람들을 계몽시키는 역할을 하게 되었다. 여기까지가 지난 한 달 정도의 이야기다.

스쳐 가는 시간은 토론의 열기를 더하는 역할 외에 하얀 사과 자체의 존재에 대한 얘기보다 이 모든 것의 시작을 궁금해하는 사람들이 점차 생겨나도록 해주었다. 이야기의 결말을 쓰려면 시작으로 돌아가라는 말이 있듯이 나는 시작으로 돌아가기로 했다. 약 한 달 전 사과 파는 아저씨가 SNS에서 소소하게 화제가 되고 얼마 지나지 않아 하얀 사과 얘기가 나왔다. 아마도 아저씨가 시작이었으리라 짐작했다.

나는 학원이 없는 날 아저씨를 찾아갔고 그렇게 이 모든 화제의 중심인 하얀 사과에 대해서 알 수 있었다. 아저씨는 한 달 전, 그날의 이야기를 들려줬다. 이런 대화를 했다고 말했다.

"학생 사과 사려고? 저기 빨간 것도 있고, 파란 것도 있는데. 뭐 줄까?"

"풋사과가 파래요? 초록이잖아요."

"신호등도 파란불이잖아."

"오오. 그럴싸하네요."

"사과가 빨갛고 파라면 무슨 태극기에요? 아저씨, 그럼 흰 건 없어요?"

"하얀 사과 좋지, 하나 살래?"

"그때 애들이 대화를 영상으로 찍어서 올려도 되냐고 묻는 거야. 그야 난 홍보도 되고 좋으니까 허락했지."

아마 해당 영상에 나온 하얀 사과라는 말이 화제의 첫 날갯짓을 불러 왔을 것이다. 이 작은 날갯짓이 한 달간의 폭풍의 시작이었다. 나는 이 시작을 혼자만 알고 있을 수 없었다. 누군가는 폭풍에 대해 알려야 하는 책임이 있다.

"아저씨, 방금 하신 말씀 영상으로 찍어서 알려도 돼요?"

그렇게 아저씨의 영상을 방송사에 보냈다. 그냥 SNS에 올리는 것보다는 큰 방송사에 보내는 것이 파급력도 그렇고 신뢰성도 높아질 것 같아서 그렇게 했다. 방송사에서는 좋은 제보 감사하다며 빠른 시일 내에 뉴스에서 만날 수 있을 거라는 답변을 보내왔다. SNS는 금방 잠잠해질 것 같은 기분이 들었다. 이번에는 내 감이 맞기를 원했다.

"그동안 SNS를 뜨겁게 달군 한 화제에 대한 제보가 들어왔습니다. 하얀 사과의 시작이 본인이라고 주장하는 한 상인이 그 주인공입니다."

뉴스 한 번으로 모든 논쟁이 잠잠해지기 시작했다. 역시 큰 방송사가 최고였다. 돈이 많아서 그런가보다. 연이어 다른 방송사들도 비슷한 내용의 뉴스를 만들기 시작했다.

"지난 한 달가량 우리 주변에서 널리 알려진 소식을 알아보겠습니다. 바로 하얀 사과라는 것인데요…….."

"시청자 여러분, 안녕하십니까? 오늘 뉴스는 눈처럼 하얀 사과에 대한 내용입니다. 이 이야기는 한 SNS에서 유명해져…….."

"지난달, SNS나 검색창의 통계를 보니 급상승한 검색어가 몇몇 개 있었습니다. 그중 대부분은 한 단어를 뜻하고 있었는데요…….."

논란은 이내 시들어버렸고, 시든 꽃에 대한 감상은 아까웠다. 우리는 그 잔해를 보고, 밟고 일어났다. 스스로의 혼란을 잠재우는 동시에 친구들에게 혼란이 끝났다고 말해 주었다.

"야, 떡볶이 먹으러 가자."

이 말은 내가 들은 말임과 동시에 가장 많이 말하는 문장이었다.

떡볶이 연맹도 다시 뭉쳤다. 각자의 혼란은 정리되었지만 아직 조금 남은 부실함이 서로의 부실함을 채워서 모두 다 합해 98%가 차오르도록 함께했다. 남은 2%를 채우자는 명목하에 떡볶이 연맹을 부활시켰다.

시간이 조금 더 걸렸더라면 청춘이고 뭐고 다 썩어 문드러졌을지도 모른다. 아직 서로를 도울 힘이 남아 있어서 다행이었다. 날씨가 뭘 좀 아는지 떡볶이를 먹으며 도원결의하기에 딱 좋은, 맑은 날이었다. 때마침 사람도 3명이었다. 그렇지만 나는 제갈량을 담당하기로 했다. 분식집에 복숭아나무는 없었지만 그 점은 복숭아맛 아이스티로 해결 가능한 부분이었다. 둘 다 복숭아와 우정, 의리라는 공통된 소재가 들어가 있으니 비슷한 의미로 봐도 무방했다.

복숭아와 고추장 향기 풀풀 풍기면서 수다 떨기 가장 좋은 장소인 분식집에서 다른 문제는 우리 눈에 들어오지 않았다. 알고 싶지도 않았다. 예쁜 것만 보고 싶다. 예를 들면 떡볶이, 아이스크림, 빙수, 눈꽃빙수, 햄버거, 치킨, 피자. 사람마다 다른 미의 기준을 가지고 있으니 생각이 비슷한 우리들, 특히 내 눈에 예쁘면 되는 것이다.

"받고 치즈, 볶음밥 추가."

"얘가 뭘 좀 아네."

"크으 배우신 분이다."

하얀 사과는 우리들만의 작은 해프닝으로 끝났다.

플랜 A

·

최규리

2030년, 대한민국

10년 전 발생한 신종 바이러스의 출현으로 우리의 생활은 바뀌어 가기 시작했다. 그리고 2023년, 변형된 바이러스의 첫 감염자가 나왔다. 그 바이러스는 기존 바이러스가 가진 전파력의 30배 이상이었으며, 감염자가 중증이 될 때까지 아무런 증상을 보이지 않는 것이 특징이었다. 이로 인해 확진자가 급증하자 정부에서는 질병 진압 본부를 만들었고, 코호트 격리에 들어간 아파트나 학교의 확진자들을 관리하고 확진자들이 시위를 일으키면 이를 막게 했다. 아무튼, 그렇다. 나는 대한민국 질병 진압 본부 A 부대 소속 팀장이다.

아득히 들려오던 말소리가 점점 더 선명하게 귀에 들어왔다. 전날과 다를 것 없는 무거운 눈꺼풀을 힘들게 들어 올리자 뻑뻑하게 눈이 뜨였다. 한숨을 한 번 쉬고 몸을 일으키자 말소리가 더욱 또렷하게 들렸다.

"오늘 0시 기준 신규 CP는 1013명으로 최고를 기록했습니다. 이에 정부는."

알람 설정으로 켜진 텔레비전에서는 무표정인 아나운서가 오늘 일

우리들의 다섯 번째 이야기 – 별난 별들끼리

자의 브리핑을 하고 있었다. 확진자가 최고를 기록했다는 아나운서의 말에 나는 피식 웃어주고는 수건을 챙겨 화장실로 향했다.

"뭐, 최고 기록은 매일 최고 기록이지."

한참 세수를 하고 있을 때였다. 물소리와 아나운서의 목소리를 뚫고 치직 거리는 소리가 들렸다. 나는 급하게 물을 잠그고 수건으로 얼굴을 닦으며 밖으로 나와 완충 표시가 뜬 무전기를 잡아 들었다.

"여기는 A 지휘. 열, 스물, 서른. 육백 삼십까지 백의들과 A 중본 집합."

(여기는 A 부대 부대장. 1팀, 2팀, 3팀 팀장은 모든 팀원과 오전 6시 30분까지 A 부대 중앙 본부로 집합)

"열, 확인."

"스물, 확인."

"서른, 확인."

중앙 본부로 집합하라는 무전에 내가 대답을 하자 뒤를 이어서 2팀과 3팀 팀장의 확인 무전이 들려왔다. 나는 들고 있던 수건을 아무렇게나 던져놓고 옷장 문을 열었다. 옷장이라고 해봤자 잠옷 몇벌을 제외하고는 검은 생활복과 근무복, 그리고 하얀 방역복으로 가득했지만, 이제는 그 모습도 익숙해져 아무렇지도 않게 방역복 한 벌을 꺼내고는 빠른 속도로 근무복 위에 방역복을 입었다. 이 일을 시작하고 첫날에는 방역복을 제대로 입지 못해 애를 먹었는데 이제는 빨리 입는데 도가 텄다고 해도 과언이 아니다 싶었다. N95 마스크까지 끼고는 무전기를 챙겨 밖으로 나왔다. 밖으로 나오면 바로 있는 기숙사형의 긴 복도는 쥐죽은 듯 조용했다.

"1팀 전원 집합!"

벽을 한 번 강하게 친 후 소리를 지르자 긴 시간이 지나지 않아 나와 같은 방역복을 입은 팀원들이 빠른 속도로 달려 나와 내 앞에 2열로 줄을 섰다. 팀원들의 인원을 확인한 후 팀원들을 데리고 1팀 생활 건물 밖으로 나오자 옆 생활 건물에서도 2팀과 3팀이 나오는 모습을 볼 수 있었다.

"열, 서른. 잘 잤어?"

"잘 잤겠냐."

전날과 똑같이 밝은 얼굴로 인사하는 강민과 웃으며 잘 잤겠냐고 장난치며 되묻는 주희를 보자 나도 웃음이 나왔다.

"그나저나 오늘 이렇게 일찍 부른다는 건 근무지 재배정이라는 말이겠지?"

"아마도. 아, 진짜 싫다."

"왜, 난 좋은데. 나 학교 그만 가고 싶다."

내가 질문하자 얼굴을 찌푸리며 싫다는 주희와 기다렸다는 듯 좋다는 강민의 대답이 차례대로 들려왔다. 내가 당황한 표정으로 둘을 바라보자 강민이 어깨를 으쓱하며 말했다.

"뭐, 너네도 학교 가보면 알걸? 학교 근무 다녀오면 잠도 못 자. 걔들이 꿈에 나와서."

꿈에서 진압한 CP가 나온다는 것은 굉장히 고통스러운 일이라고 들었다. 나는 주로 코호트 격리가 된 아파트에 투입되었기에 학생들을 만날 일이 거의 없었다. 이 사태가 더 번져버린 5년 전 그 이후부터는 학생들은 모두 기숙사 생활을 하게 되었으니 만난다 해도 몇

되지 않았다. 그러나 강민에게 그 이야기를 들은 후 괜스레 엄습해 오는 불길함을 무시하고 중앙 본부에 도착하자 기다렸다는 듯 부대장이 우리에게 각각 하나씩 파일을 내밀었다.

"근무지 배정이다."

[근무지: 이온 고등학교]

이온 고등학교. 그 여섯 글자가 보이는 순간 머릿속이 백지가 되어버렸다. 아니, 수많은 생각이 엉키고 섞여 내가 무슨 생각을 하는지도 알 수 없었다.

"열. 열? 야, 이하림!"

"어?"

"괜찮아? 왜 그래?"

정신을 차리자 나를 걱정스럽게 나를 바라보는 강민과 주희에게 나는 괜찮다며 멋쩍게 웃었다. 내가 그냥 웃고만 있자 주희가 실눈으로 나를 잠시 바라보더니 이미 마스크로 막힌 입을 손으로 한 번 더 막았다.

"설마 너 학교야?"

"응, 이온고."

내가 담담하게 말하자 주변에 정적이 내려앉았다. 뒤에서는 작게 탄식하는 팀원들의 소리가 들렸다. 무슨 말을 할지 몰라하면서 눈알만 굴리고 있는 두 동기의 모습에 나는 피식 웃으며 농담을 던졌다.

"아, 나 사직서 쓸까."

"시끄러워. 너 그 말 입에 달고 살면서 진짜 쓴 적도 없잖아."

강민이 내 어깨를 치며 하는 말에 주희가 웃으며 맞장구를 쳤다.

분위기는 풀어진 듯싶었지만, 긴장은 풀 수 없었다. 확진자 급증으로 인해 병원에서의 관리가 어려워지자 질병 진압 본부는 하루 진압 CP를 15명으로 제한했고, 덕분에 나는 이제 내 작은 판단 실수로 여러 학생이 목숨을 잃을 수도 있는 그런 곳으로 가야 했다. 특히나 이 일을 시작하고 받은 진압 교육에서 학교에서 가장 많은 시위가 발생하고, 또 많은 부상자가 발생해 꽤나 애를 먹는다는 교육을 받은 적이 있어서인지 손끝이 살짝 떨리는 듯했다.

"1팀, 정신 똑바로 차려. 강당 들어가자마자 바로 진압할 거야. 늘 그랬듯이 2인 1조로 움직인다. 위독한 CP는 즉시 보고하도록."

"네, 알겠습니다!"

차량에서 하차하기 전 팀원들에게 간단히 전달사항을 말하고 특수 제작된 페이스 쉴드를 쓰며 하차 명령을 내리자 팀원들이 빠른 속도로 차량에서 하차해 강당 건물로 이동하기 시작했다. 마지막에 내린 나는 차량 요원에게 뒷정리를 부탁하고 팀원들을 따라 강당으로 이동했다. 이온 고등학교는 건물이 총 네 개였다. 본관, 신관, 기숙사, 그리고 강당 건물. 그 네 개의 건물 중 강당 건물을 제외한 나머지 세 군데 건물의 창문으로 NCP로 보이는 학생들이 우리를 싸늘한 눈빛으로 보고만 있었다. 겁을 먹은 것 같지도, 친구들을 걱정하는 것 같지도 않은 그들 사이에서 눈을 예쁘게 접으며 눈웃음을 보이는 한 여학생에게서 싸한 느낌을 받은 나는 인상을 한 번 찌푸렸다. 3층으로 올라가자 강당에 들어가지 않고 머뭇거리는 팀원들이 보였다.

"야, 1팀. 뭐 하는 거야?"

"아, 팀장님. 그게 아니고 말입니다."

뭐 하냐는 나의 질문에 팀원 하나가 내 옆으로 와 상황을 알렸다. 군인들이 투입되었다고 한다. 어째서? 이 학교에서 발생한 CP가 많다는 보고는 받았는데 군인들이 올 정도는 아니었다. 강당 입구로 가 안을 들여다보니 우리와는 다르게 짙은 녹색의 방역복을 입은 남자들이 보였다. 그들의 진압 방식은 우리와 차원이 다른 방식이었다. 이미 중증의 상태를 보이며 정신을 잃고 쓰러져 있는 학생들을 들것으로 옮기는 모습은 찾아볼 수 없었다. 중증 CP의 양쪽 팔을 잡고 질질 끌고 온 그들은 아직 살아있는 것을 알고 있음에도 불구하고 그 CP를 시체 가방에 넣었다. 중증 CP 중 정신을 잃지 않은 학생들은 강당의 구석에서 그 모습을 보며 그저 벌벌 떨고 있을 뿐이었다. 그 끔찍한 상황에 나는 입구에 서서 그 모습을 가만히 보고만 있는 남자를 불렀다. 아무래도 투입된 군인 중 가장 높은 사람인 듯싶었다.

"질병 진압 본부 A 부대 소속 1팀 팀장 이하림입니다. 어디 소속입니까?"

"24사단 60연대 1대대 3중대 소속 하사 하진욱입니다. 무슨 용무로 오셨습니까?"

"근무지로 배정받고 왔습니다. 그런데 지금 이게 무슨,"

"오늘 오전 9시 00분부터 본 구역은 저희가 맡게 되었습니다. 질병 진압 본부는 2층으로 배정받았다고 보고받았습니다. 이만 나가 주십시오."

"야, 무전. 확인해 봐."

내 말을 끊으며 우리 팀이 2층으로 배정받았다고 하는 그의 말에 나는 그에게서 시선을 떼지 않으며 내 뒤에 서 있는 팀원에게 본부로 무전 하라는 명령을 내렸다. 그녀는 무전, 김하영. 네, 알겠습니다. 라는 대답을 남기고 무전을 치기 위해 자리를 비웠고, 잠깐의 시간이 흐른 후 하영은 무전기를 들고 돌아왔다.

"팀장님 부대장님께서."

"줘."

곤란한 듯 무전기를 내미는 하영의 모습에 부대장이 나더러 직접 무전을 받으라고 이야기했음을 직감했다. 한숨을 쉬고 무전기를 받아들었다.

"열입니다." (1팀 팀장입니다.)

"3행 백의 수철한다. 2행으로 동." (3층 팀원들 철수한다. 2층으로 이동해라)

"하지만,"

"현학 중인 국원 도가 고신한 모양이야. 하산해. 일 키우지 말고." (재학 중인 국회의원 딸이 부탁한 모양이야. 철수해. 일 키우지 말고.)

"열, 확인."

그룹장의 말을 듣자 아까 여유로운 듯 웃고 있던 그 여학생이 생각났다. 인상을 찌푸리며 철수 명령을 내리려던 참이었다.

"1팀 3층 전원 철, 수?"

강당 입구 쪽 구석, 그곳에 모아놓은 시체 가방들로 시선이 갔다. 그리고 그중 하나에 넣어진 학생과 눈이 마주쳤다. 그 학생은 나를 똑바로 보며 그 좁은 가방 안에서 떨리는 손으로 힘들게 마스크를

내렸다. 그리고 입을 움직였다. 소리는 들리지 않았지만, 그 입 모양
이 그리는 말을 나는 바로 알아챘다.

'살려주세요.'

순간 발이 굳으며 그 자리에 얼어붙었다. 나는 이대로 팀원들과 2
층으로 가야 하는가, 아니면 군인들과 싸우며 이곳에 있어야 하는가.
한참을 패닉 상태로 있던 내가 정신을 차렸을 때는 이미 하진욱 하
사의 손에 강당 밖으로 밀려난 후였다.

"팀장님? 괜찮으십니까?"

나를 바라보는 팀원들을 보고 고개를 끄덕여준 후 2층으로 향했
다. 2층에는 3층보다는 그나마 덜 심각한 수준의 CP들이 모여있었
다. 팀원들은 조별로 키트를 들고 빠르게 다니며 수십 명의 CP 상태
를 확인했다. 팀원들이 CP의 상태를 확인하는 동안 CP에게 들어온
보급품을 나눠주다 문득 창문으로 시선을 옮기자 아까 그 군인들이
시체 가방 열다섯 개를 들고 나가는 것이 보였다. 그러다 떠오른 아
까 전의 모습에 인상을 찌푸리며 한숨을 한 번, 아니 여러 번 내쉬고
는 다시 보급품을 나눠주기 시작했다.

육백 명이 넘는 전교생 중 과반수가 CP로 판단된 곳인 만큼 CP 상
태 확인만 세 시간이 넘게 걸렸다. 2층의 모든 CP 상태 확인을 마친
팀원들의 보고를 받고 병원 치료가 급하다고 판단되는 CP 15명을 선
정해 명단을 작성한 후 옆에 서 있던 다른 팀원에게 익숙하게 명단을
건넸다. 보고, 이주형. 그는 명단을 받자마자 빠르게 대답한 후 밖으
로 달려나갔다. 곧 같이 출동했던 구급대원들이 들어와 환자들을 이

송했고, 나는 팀원들과 차량으로 이동했다. 차량 탑승 전 방역복을 벗은 나는 폐기라는 글씨가 크게 쓰인 커다란 자루에 방역복을 넣었다.

"하던 대로. 폐방역복들 잘 정리해서 넣어놓고 들어와."

"폐기, 서주영. 네, 알겠습니다."

버스 계단을 올라온 나는 쓰고 있던 마스크를 벗어 폐마스크 수거 자루에 넣고 세면대에서 손을 씻었다. 그리고는 익숙하게 세면대 옆에 놓인 새 마스크를 착용한 후 소독실로 들어가 전신 소독을 끝냈다. 소독까지 마치자 긴장이 풀렸는지 몸이 무거워지는 듯했다. 받아온 팀원들의 점심 식사를 챙겨주고 오후 근무까지 공지한 후 내 자리에 쓰러지듯 몸을 던져 앉자마자 누군가 내 앞으로 태블릿 PC를 하나 내밀었다.

"자료, 차아현. 현재 재학 중인 NCP 학생 정보입니다."

나는 태블릿을 받아든 후 학생 정보를 읽기 시작했고, 곧 내가 찾던 학생의 정보를 볼 수 있었다. 3학년 학생회장, 한지아. 예상대로 아주 잘 살고, 다 가진 학생이었다. 그런데 이 학생은 왜 그런 무서운 부탁을 한 걸까. 한참을 고민하고 있을 때 전화가 걸려왔다.

"서른. 무슨 일이야."

"세상에 열. 친구 사이에 무슨 일 있어야 전화하나."

"아, 맞다. 나 너랑 친구였지."

"야. 끊어, 끊어. 헤어지자. 와, 너 앞으로 나한테 말 걸지 마시고요. 붙지 마시고요. 아는 척하지 마시고요. 다치지 말고 오후 근무 잘하고 오세요."

그러면서 전화를 끊는 주희에 웃음이 나왔다. 문자라도 보내 줘야겠다는 생각에 문자 앱을 열자 아직 읽지 않은 문자 한 통이 보였다. 강민이 보낸 문자였다. 고개를 갸웃거리고는 액정을 가볍게 한번 두드렸다.

[도강민: 군인들 있으면 가까이 가지 마. 고생해라.]

아, 군인. 강민이 보낸 문자의 의미가 무엇인지 알 것 같았다. 아마 나와 같은 장면을 봤겠지. 친구야 걱정은 고마운데 이미 봐버렸다. 한숨을 내쉬고 강민과 주희 둘에게 오후 근무 잘하라며 문자를 보낸 후 새 방역복을 입고 하차했다. 오후 근무가 시작되었다.

"지금부터 학교 전 구역 소독한다. 실시."

팀원들에게 학교 소독을 지시한 후 급하게 신관 3학년 교실로 향했다. 2층을 지나 3층으로 올라가려 할 때였다. 누군가의 목소리가 나를 잡았다.

"질병 진압 본부 언니."

목소리가 난 방향으로 고개를 돌리자 마치 내가 자신을 찾아올 줄 알았다는 듯 여유롭게 웃으며 기다리는 한지아 학생이 벽에 기대어서 있었다.

"언니 저한테 할 얘기 있으시죠? 아까 눈 마주친 것 같은데."

그러면서 그녀는 나를 옥상으로 안내했다. 그녀를 따라가는 내내 어딘가 불편하고 찝찝한 마음에 옥상 문이 닫히자마자 바로 물음표를 던졌다.

"왜 그랬어?"

"역시, 정의로운 언니일 줄 알았어. 그러게요. 제가 왜 그랬을까요?"

"나 학생이랑 말장난칠 만큼 한가한 사람 아니야."

인상을 쓰며 차갑게 말하자 잠시 당황한 듯 보이던 그녀가 깔깔거리며 크게 웃었다.

"아, 뭐 별 이유 없어요. 상황이 이래도 고3은 고3이라서요. 빨리 학교가 조용해져야죠, 안 그래요? 질병 진압 본부가 하루에 열다섯 명씩 언제 쟤들 다 데려가요. 그래서 돈 있고 빽 있는 내가 힘 좀 썼죠. 아, 내일은 군인들 더 보낸다던데. 재밌겠네요."

"고작 그 이유야?"

"고작이라니. 내가 힘써서 언니는 일 적게 할 수 있어, 학교 빨리 정리되면 우리 애들은 다시 정상수업 하고 대학 잘 갈 수 있어. 그러면 양쪽 다 해피. 아, 언니도 보셨죠? 시체 가방. 걔들은 연구소로 가서 백신 개발에 도움 줄 거예요. 그래서 성공하면 전 국민이 해피."

"뭐?"

충격적인 사실에 말을 이어가지 못하고 인상만 쓴 채로 그녀를 응시하고 있자 그녀가 피식하고 웃고는 내 어깨를 툭 치며 다시 건물 안으로 들어갔다.

"그럼 바쁜 고3은 이만."

지아가 가고 난 후에도 충격에서 벗어나지 못한 나는 그 자리에 그저 멍하니 서 있었다. 신경을 쓰지 않으려 한다면 큰 문제 일으킬 필요도 없이 지아의 말대로 모두가 행복한 결말을 맞이할지도 모른다. 그런데 그 방법이 과연 옳은 일인가? 만약 내가 정의롭게 이 비인간적인 행위를 막는다면 어떤 결말이 따라올까? 아니, 애초에 내가 이 일을 막을 능력은 있을까? 그렇게 꼬리에 꼬리를 무는 생각들에 두

통이 몰려왔지만 내 생각들은 쉴 틈도 없이 계속해서 새어 나왔다. 그러다 해가 져갈 때쯤 소독을 모두 마쳤다는 팀원의 무전을 받고 정신을 차린 후 다시 차량으로 향했다.

"하."

생활관으로 돌아온 나는 씻고 생활복으로 갈아입은 후 침대에 누웠다. 자꾸만 생각나는 근무지에서의 일들에 한숨을 계속해서 내뱉으며 뒤척거리다 잠에 빠져들었다. 꿈속에서 나는 방역복을 입고 늘 그랬듯 일을 하고 있었다. 순간 내 하얀 방역복 위로 빨간 손자국이 여러 개 생겼다. 마치 핏자국 같은 그 모양들에 당황하며 방역복을 문지르자 갑자기 바닥에서 검은색의 손들이 나오더니 내 발을 잡아당겼다. 저항도 하지 못한 채 어둠 속으로 끌려온 내 귀에 원망이 가득한 목소리가 들렸다. 그 목소리는 하나에서 둘로, 둘에서 셋으로 그렇게 점점 늘어가더니 나중에는 그들이 무슨 말을 하는지도 모를 만큼의 수많은 목소리가 나를 점점 덮쳐 오기 시작했다. 온몸이 눌리는 느낌과 함께 두통이 몰려왔다.

"왜 그랬어요?"

"나 살아있는 거 알고 있었잖아요."

"왜 외면했어요?"

그 수많은 목소리는 섞이고 섞여 끔찍한 비명으로 변해버렸고, 나는 귀를 막고 몸부림치다 잠에서 깨어났다. 잠에서 깬 나는 정신도 제대로 차리지 못한 채, 내가 울고 있다는 사실도 자각하지 못한 채 옆 생활 건물로 비틀대며 걸어갔다. 다행히도 마침 그곳으로 들어가는 강민이 보였고, 나는 도와줘. 이 세 글자를 힘겹게 뱉으며 그의 옷 소매를 잡았다. 내가 소맷자락을 잡음과 동시에 어이없게도 눈물이 더 튀어나왔다. 잘못한 건 나인데, 무섭고, 화나고, 억울한 건 그 아이들인데. 고개를 푹 숙인 채 계속 울고만 있자 당황한 듯한 강민의 목소리가 들렸다.

"야, 너, 너 괜찮아? 왜 그래. 어?"

"살아있었어. 걔가 나한테 살려달라고 말했는데,"

"너, 설마."

설마라는 그의 물음에 내가 고개를 끄덕이자 그가 어딘가로 연락을 한 후 내 어깨를 일정한 속도로 두드렸다.

"괜찮아. 네 잘못 아니야. 일단 조금 진정하고, 서주희 곧 온대. 같이 이야기해보자."

강민의 말대로 곧 주희가 왔고, 우리의 이야기를 듣고는 어이없다는 실소를 흘리더니 낮게 욕을 읊조렸다. 개새끼들. 그러면서 부대장을 찾아가자며 벌떡 일어섰다. 그런 그녀를 늘 그랬듯 강민이 붙잡았다.

"찾아가서 어쩌게. 백수가 꿈이냐."

"내일 A 부대 전원 이온고 투입시켜달라고 해야지. 그럼 걔들이랑 붙을 수 있어."

"그게 말이 쉽지."

"야, 우리 애들 무시하냐? 봉조, 방패조, 사격조 다 있어, 우리도,"

이 와중에도 투닥거리는 강민과 주희를 보고 또 웃음이 나왔다. 아, 웃으면 안 되는데. 그 이후로도 한참을 이야기하다 우리는 결국 내일

A 부대 전원 이온고 투입을 부탁하기 위해 부대장을 찾아갔다. 예상대로 부대장은 단호했다.

"절대 안 돼."

"하지만 부대장님⋯⋯"

"지금 그게 무슨 말인지 알고 하는 거야? 국방부랑 싸우려고 환장했어?"

"그게 아니고 말입니다⋯⋯"

"그럼 이게 옳다는 말씀입니까? 아직 버젓이 살아있는 학생들 사망 처리하고 연구소로 보내지는 이 상황이 윤리적이고 정당한 일입니까? 학생들 실험이 아니라 치료를 받게 하셔야죠. 제 말이 틀렸습니까?"

점점 목소리를 높이는 부대장에게 어떻게든 설득을 해보려 입을 열었으나 옆에서 조용히 듣고만 있던 강민이 차분히 화를 내는 바람에 입을 다물고 말았다. 정적이 흘렀다. 그리고 그 정적을 깬 것은 나가라는 부대장의 말이었다. 그 말에 밖으로 나온 우리 셋은 동시에 한숨을 쉬었다.

"망했네."

"이렇게 된 이상 플랜B로 간다."

플랜B, 허락이 떨어지지 않으면 명령을 어기고 다 같이 이온 고등학교로 간다. 물론 서주희가 생각해낸 방법으로 아무리 생각해 봐도 좀 대책 없는 방법 같았지만 다른 방법이 없어 그냥 그렇게 하기로 했다. 두 동기와 인사를 하고 생활관으로 돌아온 나는 침대에 누워 다시 곧바로 잠을 자지 못하고 멍하니 누워만 있었다.

그러다 언제 잠이 들었는지, 눈을 떴을 때는 전날과 비슷한 상황이 반복되고 있었다. 어제와 마찬가지로 하얀 방역복을 챙겨 입고 밖으로 나오자 옆 건물에서 나오는 2팀과 3팀이 보였다. 모든 팀원이 줄을 맞춰 섰다.

"오늘 1팀, 2팀, 3팀 전부 이온 고등학교 갈 거다. 주 임무는 군인들을 막는 정도다. 방금 들었지? 단순히 CP들 시위 막으러 가는 거 아니다. 정신 똑바로 차려."

"각 팀 방패조는 하던 대로 1열에 선다. 봉조는 2, 3열에서 방패조 지지해 주고, 사격조는 4열에 있다가 그쪽에서 먼저 쏘면 다 때려 부숴."

강민과 주희가 차례대로 공지 사항을 전달했고, 내가 말을 하기 위해 입을 여는 순간 뒤에서 어제 그 단호했던 목소리가 들렸다.

"그래, 어제 조용히 갈 때 알아봤지. 열, 스물, 서른. 장난해? 이거 CP들 시위 막는 거 아니야. 이러면 너네만 위험해."

우리에게 위험하다며 끝까지 반대하는 부대장이 보였다. 전날 우리가 부대장실을 떠난 후 고민이라도 한 탓일까, 부대장은 어제 마지막으로 본 모습보다 훨씬 수척해져 있었다. 진심으로 우리를 걱정해 주는 그의 모습에 나는 주먹을 꾹 쥐고 마지막으로 정중히 부탁했다.

"알고 있습니다. 마지막으로 부탁드리겠습니다. 허락해 주십시오. 실패한다면 모든 것에 대해서 저희가 책임지도록 하겠습니다."

"허락한다."

"네, 역시 반대하실 줄 알았습, 잘못 들었습니다?"

"뭘 못 들은 척해. 걔들 막아보라고. 너네 이렇게 나올 줄 알고 B, C 부대에도 지원 요청했다. 서주희 말대로 그쪽에서 먼저 치면 다 쓸어버려. 살아서 와라."

뜻밖에도 허락하며 지원까지 해주겠다는 부대장의 말에 하마터면 울 뻔했다. 하루 만에 수척해진 이유가 다 있었구나. 저 인간, 생각보다 좋은 사람이었어. 그러면서 다녀오라는 아니, 살아서 오라는 부대장의 말에 우리는 차량에 탑승했고 우리는 지금 우리의 방법으로 남은 학생들을 구하러 가는 중이다. 이 작전이 성공할지 실패할지는 여기에 있는 그 누구도 모르겠지만 결과가 어떻든 우리를 시작으로 또 다른 지역이 변화를 보이기를 기대한다.

2030년, 대한민국, 10년 전 발생한 신종 바이러스의 출현으로 우리의 생활은 바뀌어 가기 시작했다. 그리고 나는 그 어떤 임무도 끝까지 해낼 대한민국 질병 진압 본부 A 부대 소속 팀장 이하림이다.

드라마

박민지

텔레비전에서 새해 카운트다운이 시작되고, 텔레비전 화면에 비친 수혁의 꼴은 형편이 없다. 마른오징어가 탁자 위에 아무렇게나 흩어져 있고, 몇 캔인지도 모를 맥주 캔이 바닥에 기약 없이 쌓여간다. 수혁은 저녁 내내 울었다. 너무 운 탓에 이젠 더는 눈물도 나오지 않는 듯했다. 십이 월 삼십일 일, 2019년의 마지막에, 수혁은 지수와 헤어졌다.

수혁은 육 년 전에 독립하였다. 시골에서는 음악 공부를 하기에 무리가 있다는 핑계였다. 집안 형편이 좋은 편이 아니라 수혁이 평범하게 대학을 졸업하고 평범한 직장에 취직하기를 원하였던 부모님은 갑자기 가수가 되겠다던 수혁의 꿈을 반대했다. 하지만 수혁은 세계적인 아티스트가 될 자신의 모습을 꿈꾸며 서울로 올라갔다. 서울 생활에 대한 어느 정도의 로망이 있었다. 하지만 서울에서 집을 구하는 것부터가 난관이었다. 서울 중심지의 집값은 수혁이 예상했던 것보다도 훨씬 더 사악했다. 결국 형편에 맞는 좁은 원룸 하나를 월세로 구했다. 구성은 일곱 평짜리 작은 방에 화장실 하나와 언제 설치한 건지도 모를 누렇고 낡은 에어컨, 그리고 싱크대가 끝이었다. 다니기로 한 학원과 제일 가깝고 싼 곳은 이곳밖에 없었기 때문에, 수혁은 이를 악물고 계약을 했다. 그때만 해도 수혁은 자신이 금방 가수가 될 수 있을 거라고 생각했다. 그럼 곧 이 좁은 원룸에서도 탈출할 수 있겠지, 하고 막연히 생각했던 것이다.

하지만 일은 수혁의 바람대로 잘 풀리지 않았다. 이 조그만 대한민국의 수도, 서울이라는 곳에는 천재들이 넘쳐났다. 보컬 학원에서조차도 당장 가수로 데뷔해도 문제없을 정도의 유망주들이 많았다. 그들을 따라잡기 위해서 수혁은 매일 아르바이트를 하는 시간을 제외하고는 모조리 연습에 매진했지만, 노력은 수혁을 매몰차게 배신하였다. 오디션에 나갈 때마다 탈락하고, 또 탈락하였다. 불합격이라는 단어가 문자에 찍혀 있을 때마다, 수혁은 마치 누군가가 씹다 뱉은 바닥의 껌이 된 것만 같은 기분이 들었다. 자신을 원치 않는 신발에 꾸역꾸역 붙어 '나 좀 데려가 달라'며 매달리는 너덜너덜한 껌이 된 것만 같은 그런 기분 말이다. 앞에서 말하지 않는 건 오히려 다행이지, 한 오디션에선 심사위원 하나가 대놓고 수혁에게 매력이 없다고 하였다. 그때 그 말이 수혁에게 비수처럼 날아왔다. '나에게는, 내 노래에는 매력이 없구나.' 그렇게 그의 마음에 못을 박아버렸다. 수혁은 무조건 가수가 될 수 있다고 생각했던 자신이 너무나도 철이 없었다는 것을 느꼈다.

반복적이고 따분하고, 가망이 없는 삶에 지쳤을 즘에, 고등학교 때 절친한 친구였던 도화에게 동창회에 나오라는 연락이 왔다. 평소 같으면 바쁘다는 핑계로 나가지 않았겠지만, 그날따라 왜인지 가보고 싶었다. 동창회 장소가 가까워서였는지, 아니면 자신의 재능은 그다지 놀라울 만한 정도가 아니었다는 괴로움에서 잠시나마 벗어나고 싶어서였는지는 모르겠지만, 어쨌든 수혁은 그날 동창회에 갔다. 그리고 그곳에서 지수를 만났다.

스물여덟의 지수는 멋있는 사람이었다. 수혁은 잘은 기억하지 못했지만, 고등학교 때는 반에 한 명씩 꼭 있는, 그런 조용히 공부만 하던 아이였던 것으로 지수를 기억하고 있었다. 많은 사람들이 다니길 원하는 꿈의 직장 L기업, 지수는 그런 대기업에서 일하는 능력 있는 사람이었다. 내밀 것도 없는 처지라 아무 말 없이 조용히 앉아만 있던 수혁과는 달리, 지수는 아무 말 하지 않아도 모든 사람들의 집중을 받는 그런 사람이 되어 있었다.

그런 멋진 사람이, 구석에서 존재감 없이 안주와 술만 축내고 있던 자신에게 관심을 가지고 먼저 말을 걸어왔던 것이다.

– 수혁이 너는 요즘 뭐해?

갑자기 동창회에 있는 모든 사람들의 시선이 일제히 수혁에게로 향하였다. 수혁은 당황스러웠다. 그렇지만 당황하는 기색을 내진 않았다. '얘는 나한테 왜 갑자기 말을 걸지?', '어떻게 대답해야 하나', '가수라고 하기엔 가수는 아니잖아' '또 그렇다고 지망생이라고 하기엔 정말 아무것도 아닌 사람 같은데.' 수혁은 그 짧은 순간 많은 고민을 하였다. 그러다 결국 모기 같이 기어들어가는 목소리로 "그냥, 가수 지망생"이라고 말하였다.

– 가수, 너무 멋지다.

뜨뜻미지근할 줄 알았던 지수의 반응은 의외였다. 다른 이들도 술렁거렸다. 이 틈을 놓치지 않고 분위기 메이커 도화가 나섰다.

—우리 동창에 연예인 한 명 나올 거라니까, 쟤 대단한 애야!

언제 가수가 될 수 있을지도 모르는 상황인데 호들갑이라니, 수혁은 낯간지러운 감정에 자신도 모르게 고개를 푹 숙였다.

사람들의 관심은 생각보다도 금세 다른 것으로 바뀌었다. 수혁은 다시 존재감을 잃어갔다. 그렇게 술만 진탕 마시다 끝나는가 싶던 때였다. 맞은편에 앉은 지수가 자신을 툭 건드리며 갑자기 아이스크림을 사달라고 하였다. 지수는 술에 취했는지 얼굴이 볼그스레했다. '취하면 뭐 사달라고 하는 게 술버릇인가' 하고 생각하며 수혁은 지수에게 끌려 나오다시피 밖으로 나왔다. 둘러보니 건너편에 GS 편의점이 하나 있었다. 수혁은 혼자 다녀오겠다며 어떤 아이스크림을 원하는지 물었다. 술 취한 사람 데리고 갈 바에 그냥 혼자 빨리 다녀와야겠다는 생각이었다. 그런데 그 술 취한 사람은 굳이 따라가겠다고 고집했다. 결국 두 사람은 같이 편의점으로 들어갔다. 술 취한 사람은 비비빅을 집어 들었다. '특이한 취향이네' 수혁은 그렇게 생각하며 자신도 똑같은 걸 하나 더 집어 들었다.

계산을 하고 나가려는데, 지수가 머뭇거리는 행색을 보이며 가만히 서 있었다. 혹시 더 필요한 거라도 있는 거냐고 물었는데, 지수는 "아니, 그냥 여기서 먹고 가자고."라고 하며 수혁의 대답도 듣지 않고 의자에 털썩 앉으며 손짓했다. 수혁은 어쩔 수 없이 옆자리에 앉아선 아이스크림 포장지만 만지작거렸다. 한동안 그 두 사람 주위엔 어색한 기류만 맴돌았다.

—넌 왜 가수가 되고 싶어?

먼저 정적을 깨트린 것은 지수였다.

– 글쎄, 그냥 노래할 때 제일 즐거웠던 것 같아. 사실 어머니는 그 냥 평범히 회사에 취업하길 바라셨지만.

하고 수혁은 멋쩍게 웃어 보였다. 수혁의 이야기를 들은 지수는 자긴 소설가가 되고 싶었는데 부모님 때문에 포기하고 직장에 취업한 걸 아직도 후회한다며, 그래서 꿈을 좇는 수혁이 부럽다고 했다. 진심일 까, 수혁은 지수가 직접 안 겪어봤기에 모르는 것이라고 생각했다. 상황이 어색했던 수혁은 남은 비비빅을 입 안에 욱여넣고 재촉하듯 일어섰다. 지수도 더는 아무 말도 하지 않고 덜 먹은 비비빅을 들고 선 자리에서 일어났다. 돌아가는 길에 둘은 아무 말도 하지 않았다.

두 사람이 가게에 막 들어서려는 참에, 도화가 기다렸다는 듯이 수 혁을 붙잡아 세우곤 다짜고짜 노래방에 가자며 늘어졌다.

– 애들이랑 노래방 가기로 했어. 가수님 실력 한 번 보여줘야지. 고 작 1차하고 내뺄 생각은 아니지?

또다시 이목이 수혁에게로 집중되었다. 수혁은 곤란해지는 것이 싫 었다. 그래서 내키진 않았지만 노래방에 가기로 하였다.

동창회에 자주 나왔던 몇 명 정도만 남아 노래방에 갔고, 나머지는 집으로 돌아갔다. 동창회에 처음 나와 친한 친구도 몇 없는 수혁은 어색한 동창들에 어정쩡하게 끼어 있었다. 그러다 어쩌다가 도화의 등쌀에 밀려 마이크도 잡게 되었다.

그 즈음, 순위에 올랐던 유명한 가수의 발라드곡이었다. 수혁은 그 날 노래방에서, 지수가 내내 본인만을 바라보고 있는 것도 몰랐다.

새벽 세 시, 늦은 시간이 되어서야 동창회는 막을 내렸다. 술 취한 이들은 절인 파김치처럼 택시에 올랐고, 비교적 멀쩡한 이들은 낑낑

대며 술 취한 파김치들을 택시에 욱여넣었다.

　지수는 누가 봐도 절인 파김치 쪽이었는데도, 택시를 탈 생각이 없어 보였다.

　－ 택시 안 타요?

　－ 집이 가까워서요. 여의도 살아요.

　－ 어? 나도 여의도 사는데.

　－ 같이 가면 되겠네, 그럼.

하고 술 취한 사람이 헤실헤실 웃었다.

　한참 아무 말도 하지 않고 걷기만 하던 도중, 지수가 전화번호를 물었다. 수혁은 전화번호만 알려주고선 다시 아무 말 없이 걸었다. 그리고 길이 갈리는 큰 길목에서 각자의 집으로 향하였다. 돌이켜 생각해 보면 수혁에게 그날은 참 이상한 날이었다.

　동창회를 다녀왔었다는 사실조차 잊을 정도로 평소처럼 분주하게 살던 어느 날, 모르는 번호로 문자 한 통이 왔다. "잘 지내지?"

　한참을 생각해 봐도 모르는 번호에서 연락 올 일이 없었다. "누구?" 수혁은 한참을 고민하던 끝에 그렇게 보낼 수밖에 없었다.

　"이지수" 그렇게 짧게 답장이 왔다.

　"아, 너였구나. 나야 잘 지내는데 그냥 좀 바빠."

　"그럼 안 바쁜 날 밥 한번 먹자." 지수는 뜬금없이 그랬다. 저번에도 그렇고 참 특이한 애라고 수혁은 생각했다. 바쁘지 않은 날이 언제인지 잠깐 생각해 보다 금요일 12시가 괜찮다고 했다. 왠지 지수에게 휘말려 약속을 잡은 기분이었지만 지수가 나쁘진 않았기에 점심 한 번쯤 같이 먹는 건 괜찮을 거라고 생각했다.

약속 날 금요일, 평소처럼 입고 온 수혁과는 달리 지수는 꽤 신경을 쓴 모양새였다. 형형색색의 꽃무늬 원피스였다. 수혁은 지수가 괜스레 예쁘다는 생각이 들었지만, 괜한 생각이라고 단념 지으며 금방 그만두었다. 두 사람은 지수가 미리 알아둔 파스타 맛집에 갔다. 수혁은 봉골레 파스타를, 지수는 토마토 치즈 파스타를 시켰다.

– 피자도 시킬까?

메뉴판을 정독하듯이 읽던 지수는 사진에 치즈가 가득해 보이는 고르곤졸라 피자를 가리키며 말했다. 수혁은 흔쾌히 고개를 끄덕였다. 봉골레 파스타는 생각보다 맛있었고, 치즈가 가득 올라간 고르곤졸라 피자는 그저 그랬다. 밥을 먹으며 지수와 꽤 많은 이야기를 했는데, 직장 상사 욕부터 동창회 이야기까지, 둘은 수다를 멈추지 않으며 가까워졌다.

– 근데 너, 진짜 모르겠어? 내가 너한테 왜 이러는지.

아기새처럼 재잘대던 지수가 잠시 말을 멈추고 수혁을 빤히 바라보더니 뜬금없이 그랬다. 뭘 모르겠느냐는 걸까, 수혁은 알 리가 없었다.

– 뭘 말이야?

지수는 답지 않게 우물거렸다. 그러더니 툭 내뱉는 말이 자기랑 한 번 만나볼 생각이 없느냐는 것이었다. 장난하는 건가 싶은 생각이 들었다.

– 왜?

– 그야, 좋으니까.

지수는 그냥 그렇게만 이야기했다. 수혁은 그제야 지수가 자신에게 했던 모든 행동의 이유를 알 것 같았다. 순간 수혁은 머리가 띵해지는 것 같은 기분이 들었다. 정말 아무 대책도 생각이 나지 않았기에, 나중에 대답을 주겠다고 하였다.

지수는 알았다며 자리에서 일어났다. 그리곤 계산대로 가서 카드를 꺼내 결제하였다. 수혁은 그런 지수에게 "왜 네가 다 내냐."며 말려 보았지만, 지수는 다음에 커피 한 잔 사달라며 살짝 웃어 보이곤 말았다. 지수는 바로 회사로 돌아갔고, 수혁은 혼자 돌아가는 동안 계속 머릿속이 복잡했다. '지수가 나를?' 그러고 보니 활짝 웃으면 폭 들어가는 진한 인디언 보조개도, 화려하면서도 깔끔한 옷 감각도 은근 매력 있다는 생각이 문득 들었다. 그 생각들이 수혁의 머릿속에서 뱅뱅 돌며 사라지지 않았다. 다른 생각을 해서 없애보려 해도 더 많이 머릿속을 복잡하게 할 뿐이었다.

집으로 돌아가서도 복잡한 머릿속은 전혀 정리되지 않았다. 수혁은 바닥에 누워 천장만 바라보다 휴대전화를 들었다. 카톡 새로운 친구 목록에 '이지수'가 떠 있었다. 홀린 듯 '이지수'를 누르고선 프로필 사진 속의 지수를 멍하니 바라보았다. 수혁은 한참을 고민하다 키보드에 입력했다. "진짜, 진심이야?"

카톡을 보내자마자 순식간에 '1' 표시가 사라졌다. 그리곤 "물론"이라고 바로 답장이 왔다. 그렇게 두 사람은 이상한 연애를 시작했다.

수혁은 언젠가 보았던 한 주말드라마를 떠올렸다. 아무것도 가진 게 없던 주인공이 재벌 3세를 만나 행복하게 연애하는 흔한 소재의, 겉은 로맨스지만 속은 판타지인 그런 드라마, 수혁은 자신이 마치 그

드라마의 주인공이 된 것만 같았다.

드라마 속의 두 주인공은 서로의 신분 차이 때문에 고생하지만, 결국은 사랑으로 극복한다. 수혁은 자신과 지수도 그렇게 될 수 있다고 생각했다. 하지만 현실은 드라마와 달랐다. 둘의 연애로 인해 바뀌는 것은 아무것도 없었다. 지수는 여전히 잘나가는 대기업의 직원이었고, 수혁은 여전히 언제까지나 발전이 없는 가수 지망생이었다.

두 사람이 만난 지 딱 1년이 되던 날이었다. 수혁은 그날 중요한 오디션이 있었다. 이른 아침부터 보컬 학원에서 연습하고, 열두 시 반쯤 되어서야 첫 끼를 먹으러 보컬 학원 옆 건물의 편의점을 들렀다. 참치마요 삼각김밥과 삼다수, 그리고 핫바 하나를 집어 들어 계산대 위에 올리곤 초조하게 시계를 보았다. "열두 시 삼십일 분" 수혁은 그렇게 중얼거리며 아르바이트생에게 카드를 내밀었다. 아르바이트생이 핫바에 바코드 인식기를 가져다 대자 인식기가 "삑, 원 플러스 원 상품입니다."라고 말했다. 아르바이트생이 "원 플러스 원 상품이에요."라고 말하며 수혁에게 이벤트 상품임을 한 번 더 알려주었지만, 수혁은 괜찮다며 거절하고는 전자레인지 앞으로 향했다. 수혁은 핫바를 데우는 동안 삼각김밥을 뜯어 한 입 먹었다. 고소한 참치마요의 풍미 따윈 느낄 새도 없이, 목이 막혀 삼다수 뚜껑을 따고선 벌컥벌컥 마셨다. 그러고선 다시 참치마요를 한 입 베어 무는데 전자레인지에서 '삐,삐,삐' 소리가 났다. 전자레인지 문을 벌컥 열고선 한 손으로 뜨거운 핫바를 꺼내 들던 와중에 지수에게 전화가 왔다.

왼손에 있던 뜨거운 핫바를 테이블 위에 던지듯 올려두고서 검지로 수신 버튼을 눌렀다.

‒ 뭐해? 오늘 점심 같이 먹을까?

‒ 아니, 오늘은 좀 바빠, 미안.

‒ 그래? 아쉽네, 알겠어.

수혁은 그렇게 전화를 끊고 시계를 보았다. 열두 시 사십 분이었다. 수혁은 시간을 확인하자마자 남은 핫바와 삼각김밥을 입 안에 욱여넣다시피 하였다. 입에 있는 음식들을 다 씹지도 않은 채, 반쯤 남은 삼다수를 들고 편의점을 뛰쳐나와 택시를 잡았다. "아저씨, SJP 앞으로 가주세요." 그러고선 겨우 숨을 돌렸다. '점심의 힐링 곡 김성공입니다' 라디오에선 신인 그룹 비투브의 '깜박했다'라는 신곡이 흘러나왔다. 오디션 장소 근처에 도착하여 시계를 보니 열두 시 오십삼 분을 조금 넘어서고 있었다. 수혁은 택시 기사에게 만 원을 건네고선 "거스름돈은 괜찮아요" 하고 오디션 장소로 뛰어 들어갔다.

그날 오디션은 꽤 만족스러웠다. 1차 합격 통보를 받았기 때문이었다. 수혁은 긴장이 풀린 탓인지 집에 도착하자마자 바로 곯아떨어졌다. 그리곤 시간 가는 줄도 모르고 자다 일곱 시쯤이 되어서야 정신을 차렸다. 휴대폰 화면을 켜고 포털 사이트에 들어가려 하던 참에, 수혁은 상단 바에 떠있는 D+365를 발견하고선 눈앞이 깜깜해졌다. 기념일인데, 까먹은 것으로도 모자라 아까 편의점에서 지수의 전화에도 시큰둥하게 답했기 때문이었다. 수혁은 급하게 지수에게 전화를 걸어서, 저녁을 같이 먹자 하였다. 지수는 흔쾌히 그러자 하였다. 지수와의 전화를 끊자마자 수혁은 오디션 입었던 옷을 다시 챙겨 입고선 꽃집에서 프리지어 꽃다발을 하나 사서 지수를 만났다. 프리지어를 건네주고선, 오늘은 자신이 다 사주겠다며 동네에서 제일 좋은 레스토랑으로 향했다. 큰맘 먹고 레스토랑에 가서, 지수에게 통 크게 맛있는 음식을 양껏 먹이고 싶었으나 이미 예약이 다 차 있어 돌아설 수밖에 없었다. 수혁은 "어쩌지? 기다리려면 시간 많이 걸리는데." 하며 곤란해하였지만, 지수는 다른 곳도 괜찮다며 손사래를 쳤다.

– 꽃 향이 너무 좋다.

프리지어 꽃 향을 연신 맡아대던 지수가 말했다. 반면 여유로운 지수와는 달리 수혁은 초조했다.

– 지수야, 우리 어디 갈까? 먹고 싶은 거 있어?

– 음, 오랜만에 곱창 먹고 싶다. 나 자주 가는 곱창집 있는데, 거기 곱창 먹으러 갈래?

비싸고 좋은 음식을 사주고 싶었던 수혁의 바람과는 달리, 지수의 입에서는 엉뚱한 음식이 튀어나왔다. 수혁은 힘이 쭉 빠지는 기분이었다. 곱창이라니, 지수가 돈 없는 자신을 배려하여 일부러 그렇게 이야기한 것이 틀림없다고 생각했다.

곱창집의 간판은 개업한 이후로 한 번도 바꾸지 않았던 건지, 매우 낡아 있었다. '이모네 곱창'의 '곱'은 'ㅂ'부분이 흐릿해져 마치 '곰'처럼 보였다. 간판이 낡고 허름한 것이 꼭 자신의 처지와 같다는 생각이 들어 측은해졌다.

식당 안으로 들어서자 곱창의 기름진 냄새가 확 풍겨왔다. 지수는 마치 처음 만났던 날 파스타 가게에서 그랬던 것처럼 반짝거리는 눈으로 메뉴를 훑어보았다.

– 수혁아 우리 양념 곱창 시킬까? 여기 된장찌개도 맛있는데, 하나 시켜도 돼?

– 당연하지. 먹고 싶은 거 다 시키자.

– 그럼 소주도 한 병 시킬까?

수혁은 고개를 끄덕이곤 주문 벨을 눌렀다. 50대 중반쯤 되어 보이는 주인 아주머니가 메뉴판을 가져와 주문을 받았다.

밑반찬이 나오자, 지수는 가방에서 핸드폰을 꺼내 카메라 앱을 켜더니 밑반찬 하나하나 사진을 찍었다.

– 그건 왜 찍는 거야?

– 그냥, 다 추억이 되는 거니까. 나중에 보면 이날 수혁이랑 여기도 갔었지, 하고. 사진 다시 보면 그때 너랑 있었던 게 생각나서 좋아.

밑반찬을 마치 전문 사진사마냥 찍어대던 지수는, 갑자기 카메라를 수혁의 얼굴 앞으로 들이밀었다.

– 이런 게 다 추억으로 남는 거야.

그렇게 말하면서 활짝 웃었다. 그 순간 '찰칵' 하고 카메라가 경쾌한 소리를 냈다.

지수는 수혁의 노래를 듣는 것을 좋아했다. 수혁에게 지수는, 유일하게 자신의 노래를 마음으로 들어주는 사람이었다.

– 와, 역시. 사람들은 이렇게 매력 있는 인재를 왜 못 알아볼까? 바보인가 봐.

– 나보다 잘 부르는 사람 많아서 그렇지.

– 난 네 노래가 제일 좋아.

지수는 매번 이런 식으로 수혁에게 좋은 말을 해주었다. 수혁은 그런 지수가 항상 고마웠다. 한 시간 정도 노래를 부르다, 두 사람은 지수의 집으로 향하였다. 모든 일정의 끝은 수혁이 지수를 데려다주는 것으로 마무리되었다. 사실, 말만 데려다주는 것이지 바로 근처지만 말이다. 지수의 집 앞에서 평소처럼 지수를 꼭 안아주고 돌아서려고 하는데, 지수가 "잠시만 기다리고 있어." 라고 하고서는 집으로 뛰어 올라가더니, 금세 종이가방 하나를 들고 와선 수혁에게 건네며 "나중에 열어 봐, 선물이야."라고 했다. 그러고선 수혁의 볼에 자신의 입술을 살짝 갖다 대고는 도망치듯 도로 집으로 뛰어 올라갔다. 수혁은 집으로 가는 길에 종이가방 안을 슬쩍 보았다. 모양을 보니 신발 상자인 듯했다. 자신은 지수에게 좋은 밥도 못 사줬는데, 이런 큰 선물을 받아도 되는 건가, 하는 생각을 했다.

수혁은 집으로 돌아오자마자 상자를 열었다. 고급진 재질의 새하얀 운동화와 함께, 노란색의 포스트잇에 '너 매일 신고 다니는 운동화 다 닳았길래, 예쁘게 신어' 하고 쪽지가 적혀 있었다. 수혁은 그 쪽지를 읽고 마냥 기뻐할 수 없었다. 뭔가 착잡한 기분이 들었다. 새삼 지수와 처음 사귀기 전 했던 고민이 생각났지만, 괜한 생각이라고 얼른 단념 지으며 그만두었다.

십이 월 삼십 일, 연말 기념으로 동창회에서 다시 한번 저녁 모임 일정이 잡혔다. 수혁은 집에 있는 자신의 기준에서 가장 깔끔한 옷을 입고, 지수가 사준 신발을 신으려다 그냥 원래 신던 것을 신었다. 동창회에 가니 딱히 티를 낸 적도 없는데, 모든 사람들이 지수와 수혁이 만나고 있다는 사실을 알고 있었다. 수혁은 그냥 '아마 입 가벼운 도화가 다 말했겠지' 생각하고 넘겼다. 두 사람이 만나고 있다는 것에 놀라는 사람은 딱히 없어 보였다. 그냥 거의 다 어쩌다 사귀게 된 것인지 궁금해했을 뿐, 그것도 잠깐 그러고 끝이었다. 저번처럼 여전히 지수는 모든 사람들의 관심을 받았고, 수혁도 전처럼 조용히 앉아 있기만 하였다.

문제는 밤 열한 시 반쯤 수혁이 화장실에 가던 중에 일어났다. 화장실은 식당 밖 조금 외진 곳에 떨어져 있었다. 코너만 돌면 화장실이 나오는데, 화장실 쪽에서 풍겨오는 지독한 담배 냄새에 수혁은 인상을 찌푸렸다. 말소리가 들리는 걸 보니 화장실 앞에서 동창들 중 몇 명이 담배를 피우는 듯하였다. 싫어하는 담배 냄새를 뚫고서 화장실을 갈 정도까진 급하지 않았기에, 그냥 돌아설 참이었다. 말소리에 자신의 이름이 들리는 듯 하여 잠깐 멈춰 섰다.

– 야, 그 가수 지망생이라던 남자애 말이야, 걔 어떻게 지수랑 사귀었냐?

– 내 말이, 대기업이랑 백수랑. 여자애가 훨씬 아깝다. 걔 생각보다 보는 눈이 없나 봐.

그 순간 수혁은 자신의 삶은 판타지 드라마와 같지 않다는 것을 깨달았다. 그리곤 아무에게도, 심지어 지수에게조차도 아무 말 않고, 그 길로 집으로 발걸음을 돌려버렸다. 돌아가는 도중 지수에게 전화가 열두 통이나 왔지만 모두 받지 않았다. 집으로 돌아오니 십이 월 삼십일 일이 되어 있었다. 수혁은 바닥에 털썩 주저앉았다. 자신도 모르게 눈물이 흘렀다. 무능력한 자신이 미웠고, 사랑하는 사람을 미워하는 자신이 미웠다.

한참을 가만히 시계만 쳐다보고 있던 수혁은 지수에게 "미안해, 우리 그만 만나자."라고 문자를 보냈다. 지수는 "갑자기 왜 그래?"라고 바로 답장이 왔고, 수혁에게 다시 전화를 걸어왔다. 수혁은 그제야 전화를 받았다.

– 무슨 일이야?

지수가 놀란 목소리로 말했다. 하지만 수혁은 아무런 대답이 없었다.

– 너 울어? 갑자기 그만 만나자니, 그게 무슨 소리야. 혹시 내가 기분 나쁘게 한 일이라도 있었던 거야?

– 그건 아니야, 사실 나도 잘 모르겠어. 그냥 요즘 내 마음이 예전 같지 않은 것 같아. 권태기인 줄만 알았는데, 내 마음이 내 마음대로 안 돼. 미안해, 미리 말 못해서 미안해.

거짓말이었다. 수혁은 여전히 지수를 사랑했다. 하지만 끝까지 지수에게 진심을 말할 수 없었다. 어차피 처음부터 안 되는 일이었다.

– 응, 엄마.

– 아들, 요즘 잘 지내지?

– 나야, 항상 잘 지내지.

– 밥도 잘 챙겨 먹고? 어떻게, 준비는 좀 잘 돼 가?

– 열심히 하고 있어.

– 참, 너 전에 얘기했던 그 여자 친구는 잘 지내지? L기업 다닌다던. 너, 그런 애 만날 수 있는 거 흔한 일 아니다. 여자 친구 속 썩이

지 말고 잘해 줘.

　－ 응, 그럼.

　－ 나중에 한번 데리고 와. 맛있는 걸로 반찬 해서 밥 차려다 줄 테
니까.

　－ 알았어.

　－ 그래, 힘들면 언제든지 그냥 내려와도 되는 거 알지 아들? 아빠
친구가 일자리 비었다고 너 내려올 생각 있으면 말해달라더라.

　－ 괜찮아, 안 힘들어. 알겠어, 주무세요.

　통화를 끊고 나니 자정이 넘어 일 월 일 일이 되었다. 수혁은 다시
시선을 텔레비전으로 돌리려다 문득 핸드폰 화면을 보았다. 배경화
면으로 해둔, 곱창집에서 지수와 같이 찍은 사진이 보였다. 핸드폰
화면 속 지수는 행복한 듯 활짝 웃고 있었다. 수혁은 그 얼굴을 빤히
보았다. 화면은 곧 흐릿해지더니, 이내 검은 바탕으로 변해버렸다.

여름과 겨울

박지호

그 노래를 처음 들었을 때 숨이 턱 막히더라고요. 예전 생각이 나서, 예전에 제 이야기를 하는 것 같아서요. 아, 따지고 보면 제 일은 아니고 제 친구 일이긴 해요. 친구가 2년 전에 자살했거든요. 그 노래를 들으니까 다시 생각이 나더라고요. 아니다, 전 그 친구 생각을 항상 하고 있었어요. 노래를 듣다 보니 친구에 대한 생각이 더 짙어진 것 같아요. 그 친구가 살아 있을 때 제가 자주 하던 생각이 있어요. '내가 너에게 좋을 게 하나도 없을 텐데' 하고 말이에요. 솔직히 그렇잖아요. 제가 그 친구의 우울증, 불면증을 고치는 데 도움이 될 게 하나도 없잖아요. 전 의사도 아니고 그냥 친구였는데. 그렇다고 그 친구가 버겁거나 부담스럽지는 않았어요. 이건 당연하죠. 오히려 제가 고통을 덜어주고 싶을 만큼 마음이 아팠어요. 그냥 친구니까요. 그냥이라고 하면 너무 가벼워 보이려나. 근데 진짜 친구여서, 그래서 그런 생각을 했나 봐요.

만약에 같은 반 친구가 죽고 싶다고 하면 뭐라고 대답하실 거예요? 전 지금도 잘 모르겠어요. 같은 반이라고 해봤자 별로 친하지도 않았거든요. 제가 열일곱 살 겨울에 다른 학교로 전학을 갔었어요. 아버지 직장 때문에 원래 전 학교를 자주 옮겨 다녔어요. 그때가 아마

두 번째였을 거예요. 전학을 자주 하는 탓에 전 최대한 학교에 정을 안 붙이려고 노력했어요. 정이 너무 많았거든요. 뭐 지금도 그렇긴 하지만. 그래서 처음 그 학교로 전학을 갔을 때도 전혀 말을 안 했어요. 거의 혼자였죠. 조별 활동을 하지 않으면 딱히 반 친구들과 말을 할 기회도 없었고요. 반 친구들도 저한테 딱히 말을 안 걸었어요. 그렇게 거리를 두고 지내는 게 저한테 더 이득이라고 생각했어요. 어차피 또 이사할 게 뻔했거든요. 이렇게 몇 년 동안 거리를 두는 일에 익숙해져서 나중엔 누구랑 대화하는 것도 어려웠어요. 그래도 전 계속 그렇게 지냈어요. 그 친구가 눈에 들어오기 전까지는요. 이제 저에 관한 이야기는 여기서 끝이에요. 별거 없어요. 아, 근데 그거 알아요? 사실 제가 제일 좋아하는 계절이 겨울이에요. 그래서 겨울에 전학을 가는 건 그렇게 기분이 나쁘지 않았어요. 오히려 더 새로운 느낌이었달까? 어쨌든 그랬었는데, 그때 이후론 겨울이 원망스러워요.

그 친구랑 처음 나눴던 대화가 제 인생에서 나눴던 대화 중에 가장 기억에 남는 거 같아요. 진짜 뜬금없었거든요. 아직 한 글자도 빼놓지 않고 싹 다 기억해요. 제가 먼저 말을 걸었었는데, 왜 그런진 모르겠어요. 뭔가 해야만 할 것 같은 느낌이 들었어요. 가끔 '얼굴에 쓰여 있다' 이런 말 하잖아요. 그 친구 얼굴에 그렇게 쓰여 있었어요. 말을 걸어야 한다고. 중요한 건 그 친구 얼굴엔 도움이 필요하다고 쓰여 있는 것 같았어요. 그래서 훨씬 더 조심스럽게 단어를 선택한 것 같아요. 어떻게 해야 도움이 필요하다는 메시지를 모른 척하면서 말을 걸까. 엄청나게 고민하고 말을 걸었어요.

"학교 마치고 떡볶이 먹으러 갈래?"

진짜 뜬금없죠. 그래도 신경 써서 고른 게 저런 말이었어요. 저 말을 하고 나니까 그냥 아무 반응 없이 저를 쳐다봤어요. 그 눈빛이 아직도 기억나요. 절대 잊을 수 없어요. 다른 누구와의 눈하고 비교할 수도 없어요. 눈이라는 곳에 엄청나게 많은 감정을 쌓아둔 게 보였어요. 감정 쓰레기통처럼 말이에요. 입을 통해서 뱉지 못하는 말들을 눈에 담아둔 것 같았어요. 입 대신 눈에요. 그 눈을 보고 어떻게 말을 더 이어가겠어요. 그래서 어쩔 수 없이 포기했어요. 그렇게 몇 달이 훅 간 것 같아요. 결국, 한 학년이 끝날 때까지 다시 말을 못해 봤어요.

저한텐 원망스러운 계절이 딱 두 개가 있는데 하나는 겨울이고, 다른 하나가 여름이에요. 계절이 원망스럽다니 좀 웃긴 말이긴 한데 저한텐 정말 그래요. 겨울이랑 여름만 되면 아까 전 그 노래를 들은 것처럼 흐릿했던 기억이 짙어져요. 그럼 진짜 괴로워요. 괴롭다는 말 말곤 표현도 잘 못하겠어요. 여기를 온 이유도 이 괴로움 때문이기도 해요. 사계절 중에 가장 긴 두 계절을 괴롭게만 보내고 있으니 견딜 수가 있어야죠. 이제 다시 본론으로 돌아올게요. 아까 겨울 이야기는 했으니 이제 여름 이야기를 해야겠네요.

열여덟 살 때의 여름이었어요. 참 신기한 게 2학년이 되어서도 그 친구하고 같은 반이 되었어요. 지금 생각해 보니 그때부터 인연이었나 봐요. 그때의 여름은 유난히 더웠어요. 제가 더위를 많이 타서 그렇게 느낄 수도 있겠지만, 그때는 정말 더웠어요. 그래서 더위를 많이 타는 저한테 그 친구가 가장 먼저 눈에 들어왔나 봐요. 긴소매를 입고 있었거든요. 처음엔 그냥 신기했어요. 이렇게 더운데 긴 팔을 왜 입고 있나 싶었죠. 저한텐 정말 이해가 안 되는 일이니까요. 그러다가 그냥 감기에 걸렸을 수도 있고 에어컨 바람이 너무 차가워서 긴소매를 입었구나 했어요. 그때의 제가 생각이 짧았어요. 나중에 시간이 지나서도 계속 긴소매를 입고 있었거든요. 그런 그 친구를 보니 작년 겨울에 감정을 최대치로 담아둔 슬픈 눈빛을 본 게 생각났어요. 그제야 알았죠. 문제가 있다는 걸.

문제가 정확히 뭔지는 저도 몰랐어요. 제가 무슨 수로 알겠어요. 평소에 친하던 친구가 아니었기도 했고요. 알기 위해서 친구를 하자니 그 친구는 마음의 문을 여는 데도 오랜 시간이 걸릴 것처럼 보였어요. 그래서 방법을 생각해냈죠. 제가 생각하기엔 가장 효과적일 것 같은 방법을요. 사실 이게 먹힐 거라는 확신은 없었어요. 그래도 뭐든 해보고 싶었어요. 그래서 지금부터 제가 생각한 방법을 알려드릴게요. 가장 중요한 점은 언질을 던져주고 무한정으로 기다린다는 거예요. 어쩌면 이런 말을 해주기를 기다리고 있을 것 같기도 했거든요. 그래서 제가 말했어요.

"혹시 무슨 일 있어?"

"있으면 나한테 말해도 돼. 표정이 어두워 보여서."

사실 무모한 거 저도 알고 있었어요. 누가 말도 한번 안 해본 반 친구밖에 안 되는 저한테 사연을 털어놓겠어요. 근데 신기한 건 있잖아요. 이게 오히려 득이 된 거예요. 말도 한번 안 해본 반 친구여서 오히려 쉽게 말을 할 수 있었던 거였어요. 정확하게 이틀 후에 그 친구가 저한테 사연을 털어놓았어요. 근데 사실 전 저한테 이야기할 것 같다는 느낌을 미리 받았었어요. 제가 그 말을 했을 때 그 친구의 눈을 봤는데 눈에 담긴 감정이 곧 터질 것 같았거든요. 입으로 뱉어내야 할 말들과 감정들이 눈에 담겼으니 그게 터지면 입으로 다시 가겠죠. 전 그렇게 생각했어요.

"물어봐 줘서 고마워. 사실은 그 말 듣기를 기다리고 있었어. 너무 힘들었거든."

이틀 후에 그 친구의 사연을 듣게 되었을 때 가장 처음 들은 말이에요. 제 예상이 적중했죠. 은근 기분이 좋았어요. 하지만 기분 좋은 순간도 잠깐이었어요. 그 친구 이야기를 듣는 내내 우울했거든요. 친구의 이야기는 길지 않았어요. 생각보다 많은 사연이 있는 것도 아니었어요. 제가 요약해서 말하자면 단순히 우울증과 불면증 때문이었어요. '단순히'라고 말은 했지만 단순하지 않았어요. 우울증, 불면증이라는 이 짧은 두 단어가 초래하는 감정적인 고통은 어마어마했어요. 제가 감히 상상도 못하겠죠. 제가 여름과 겨울에 느끼는 고통 정도는 비하지도 못해요. 그 친구가 말을 하는 내내 울었어요. 제가 직접 겪은 일이 아닌데도 말이에요. 그냥 너무 우울해서 너무 마음이 아파서 울었던 것 같아요. 계속 이렇게 더운 날씨에 긴소매를 입는 이유도 들었어요. 상처 때문이래요. 자해한 상처. 설마 이런 사연 때문에 긴소매를 입고 있을 거라는 생각은 전혀 못 했어요. 직접 옷을 걷어서 상처를 보여주는데 그 상처 중에선 아직 다 아물지도 않은 상처들도 있었어요. 뭐랄까 그때의 감정들은 말로 표현하기 힘든 것 같아요. 한 번에 너무 많은 감정이 밀려와서 그럴 거예요. 그래서 이때의 감정은 말하지 못하겠어요. 그래도 어떤 느낌인지 대충 짐작은 가시죠? 그럼 됐어요.

그때의 대화 이후로 저희는 '반 친구'가 아닌 '친구'가 된 느낌이었어요. 가끔 친구 이상으로 의지하는 듯한 느낌도 받았지만, 전 그게 부담스럽진 않았어요. 처음에도 말했다시피 제가 그 친구에게 좋을 게 없을 것 같다고 생각하긴 했어요. 사실대로 말하자면 제가 도움이 되었으면 좋겠다는 욕심 때문에 계속 옆에 있었죠. 그런데 아무것도 아닌 제가 괜히 나서서 이렇게 힘들어지고, 여기까지 온 게 그 욕심에 대가일까요? 아니었으면 좋겠어요. 저의 그 욕심 덕분에 하루라도 더 살다 간 거면 좋겠네요. 어쨌든 저희가 친구가 되고 나서도 친구의 우울증과 불면증은 계속됐어요. '친구'라는 게 마음의 병의 약은 아닌 것 같았어요. 그럼 더 제가 할 수 있는 일이 뭐가 있었을까요. 지금 생각해도 친구의 옆자리를 지켜주는 것만큼 효과 있는 치료는 없을 것 같아요. 그래서 전 제가 생각한 치료에 충실했어요. 어쩌다가 친구의 상태가 악화할 때면 내가 좋을 게 없을 것 같다는 생각을 꼭 하긴 했지만요.

가끔 그 노래를 들을 때면 아른거리는 장면이 있어요. 팔에서 흐르는 피를 교복으로 지혈했었던 그때. 친구의 이야기를 들을 때보다 더 많이 더 크게 울었어요. 아마 제 팔에 그런 상처가 나도 그만큼 아프고 슬플 것 같지는 않아요. 교복에 물들어가던 핏자국이 아직도 생생해요. 그래서 그때 이후론 피를 보면 좀 무섭기도 해요. 그때 흐르는 피를 막으면서 이런 생각을 했어요.

'아무리 피를 막아도 넘쳐흐르는 것처럼 만약에 이 친구가 정말 떠나야만 한다면 그건 아무도 못 막겠구나'

그 생각을 하고 난 뒤엔 더 필사적으로 막았어요. 교복이 피를 다 흡수하고 넘쳐흐르면 입고 있는 옷으로라도 피를 다 머금을 만큼, 그만큼 피가 흐르는 것을 막고 싶었어요. 또 그만큼 친구를 살리고 싶었어요. 살리고 싶은 만큼 울면서 피를 닦아냈어요.

그날 이후로는 피를 닦아내는 날이 더 많아졌어요. 그렇게 울면서 피를 닦아내고 집으로 돌아갈 땐 나 홀로 모든 게 조용했어요. 그 침묵이 저를 더 외롭고 허무하게 만들었던 것 같아요. 그렇게 집으로 걸어갈 때 친구가 한 말을 생각했어요.

"난 이제 길이 없어. 유일하게 갈 수 있는 길은 나락으로 떨어지는 길뿐이야."

전 이 말에 대답하지 못했어요. 그때 친구는 이미 유일한 길을 걷고 있었거든요. 그래도 아니라고 말해야 했는데, 이건 아직도 후회돼요. 아니라고 했으면 뭐가 좀 달라졌으려나 싶기도 하고요. 사실상 달라지는 건 없겠지만, 그 순간순간 기적을 믿었거든요. 그 기적이 유일한 희망이었어요. 이 말만 해도 그때의 상황이 얼마나 위태로운지 아시겠죠? 유일한 희망이 기적이라니.

사실 예전엔 기적이란 게 날 배신해도 기분이 나쁘지 않았어요. 어차피 기적이란 거 이루어지지 않아서 기적이라고 하는 거잖아요. 내가 항상 기적을 믿은 건 일종의 본능 같은 거였어요. 하지만 친구의 목숨에 대한 기적은 절대 가볍게 생각하지 않았어요. 제발 이루어지기만을 어느 때보다 바랐어요. 걷고 있는 유일한 길에서 나오기를 얼마나 행복한 사람이 될 수 있는지를 아는 것과 같은 기적 말이에요. 하지만 결국 기적은 기적이라는 단어 그대로 이루어졌어요. 그때 이런 생각이 들었어요.

'이미 너무 멀리 가버린 친구에게는 기적이라는 게 당연히 없을 수

도 있겠구나. 어떨 땐 그 무엇도 도움이 되지 않는구나.'

　모든 게 다 허무하다고 느껴졌어요. 간절히 믿던 기적도, 울며 피를 막아내던 그 순간도 도움이 되지 않았구나. 욕심은 그냥 욕심에서 그쳤구나 하는 생각도 들었고요. 그렇게 친구를 돌이킬 수 없는 길로 보낸 후에 집으로 돌아가는 길은 그 언제보다도 외롭고 슬펐어요. 하지만 동시에 '이제 그만 흘려보내자' 하는 생각도 들었어요. 친구는 나를 만나기 이전부터 죽음과 싸우고 있었거든요. 내가 둘을 붙잡아 두고 계속해서 싸움을 붙이는 것도 잘못된 거라고 생각했어요.

　집으로 가는 길, 여러 가지 생각이 오가는 와중에 그 노래를 들었어요. 제가 처음에 말했던 노래가 이 노래예요. 친구가 죽은 후에 혼자 집으로 갈 때의 심정은 겪어보지 않은 사람은 아무도 모를 것 같았어요. 그런데 사람도 아닌 노래가 제 마음을 아는 것 같더라고요. 우울한 노래였지만, 우울하지 않았어요. 가사는 오히려 저에게 위로가 되었어요. 어떻게 보면 음침하고 어두운 이 노래로 위로가 된 이유는 그땐 몰랐었죠. 지금에서야 느낀 건데, 그때의 제가 그 노래보다 더 어둡고 우울해서 그랬던 것 같아요. 집으로 가는 길은 일부러 발걸음을 평소보다 더 천천히 했어요. 가사로 더 오랜 시간 위로받고 싶어서 그랬나 봐요.

　친구가 얻어낸 죽음, 원하던 것을 이룬 것이 좋다고 거짓말할 순 있겠지만, 속마음은 절대 그렇지 않았어요. 물론 친구를 이젠 보내주자 하는 마음도 있었긴 했어요. 그렇지만 전 친구를 보낼 뿐 친구가 바라던 죽음을 이룬 것까지 같이 축하해 줄 수는 없었어요. 원하는 죽음이더라도 옹호할 수 없었어요. 그 친구와 감정을 나누던 사람들의 괴로움을 봤거든요. 원래 항상 남는 사람들이 슬픈 법이잖아요.

만약 이 친구와 비슷한 사람이 저한테 다가온다면 전 어떻게 해야 할까요? 그 사람을 도와주어야 할까요? 도와주어도 결과가 똑같다면 그게 의미가 있는 걸까요? 친구의 죽음은 희극일까요 비극일까요? 여름과 겨울만 되면 이런 생각들이 끊임없이 났어요. 지금도 마찬가지고요. 혼자서는 답을 할 수 없는 질문들이 이젠 괴로워요. 그래서 여기 왔어요. 선생님은 어떻게 생각하시나요?

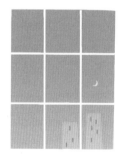

증발된 K

방채은

나는 이 나라에 살고 있지만, 이 나라의 국민이 아니다. 사지가 멀쩡하게 붙어 있고 이 나라에서 숨 쉬고 있지만 나의 주민등록번호는 존재하지 않는다. 서류상에서 나는 죽은 사람이다.

"K. 안 자고 뭐해?"

"곧 잘 거야. 먼저 자."

"'증발'된 지 얼마 안 지나서 그러는 거면, 내가 도와줄 순 있는데."

"그런 거 아니야."

'증발'. 사회에서 실패한 사람들이 죽음 대신 선택하는 방법이다. 나는 개인의 의무를 다하지 못했고, 부모의 기대치에 부응하지 못했으며, 사회에서 낙오자라고 낙인찍혔다. 이런 사람들에게는 회생의 기회가 주어지지 않는다. 그래서 죽기는 두렵지만 사회에서 도피하고 싶은 것, 정상적인 삶을 스스로 포기하고 이 세상에서 사라지길 원하는 사람들을 도와주는 게 증발이다.

'불합격'

인생에서 세 번째 수능을 끝냈다. 결과는 삼 년 내도록 달라지는 것이 없었다.

중학교 이 학년 때, 기자라는 꿈을 가지게 됐다. 유치원생 때 산타클

로스가 되겠다는 꿈 이후 처음으로 가져본 꿈이었다. 저녁식사 자리에서 어머니에게 기자가 될 거라고 말씀을 드렸다. 어머니는 아무런 말도 하지 않으셨고, 아버지는 어머니 때문에라도 기자는 절대 해서는 안 되는 일이라고 말하셨다. 어머니는 배우이자 언론사에서 붙인 파파라치의 피해자였다. 어머니와 아버지의 동반 도박 사실이 보도된 이후, 아버지는 집이 망한 이유가 그 기자 때문이라는 말만 반복했다. 도박을 한 것이 당신들의 잘못이라고는 생각하지 않는 것만 같았다. 동생은 그저 웃기만 했다. 아무도 나를 응원해 주지 않았다. 그럴수록 부모에 대한 원망과 함께 기자가 되고 싶은 열망은 커져만 갔다.

증발자는 아무런 혜택을 받을 수 없다. 학교는 물론이고, 병원조차 갈 수가 없다. '사망자'나 '실종자'로 처리돼 주민등록이 완전히 말소되기 때문이다. 증발을 선택할 때는 이 모든 일을 감수해야만 한다. 간간이 증발에 대한 소문을 들었을 때도 알고 있던 사실이어서 증발을 도와주는 브로커에게 설명을 들었을 때도 충격이 크지 않았다. 어쩌면 그때까지도 부모가 나를 믿어주지 못한다는 것이 나에게는 이 세상에서 사라지는 것보다 더 큰 충격이었을지도 모른다.

고등학교에 갓 입학했을 때, 진로 적성 검사를 했었다. 결과는 언론 계열이 일 위였고, 그 정도면 부모도 적성에 맞는 일을 하라며 응원해줄 것만 같았다. 다만 바랐던 바와는 달리 돌아오는 것은 무시였다. 그때부터 오기가 생겨 마음만 먹으면 할 수 있다는 생각을 하고, 밥상머리에서 국내에서 제일 유명한 대학의 언론정보학과에 가겠다고 선언했다. 부모는 기침을 했고, 식사 도중 묵묵히 자리를 뜨는 것으로 대답을 대신했다. 차라리 비웃었다면 지금의 상처가 덜했을지도 모르겠다. 그때 부모의 행동은 '너의 말은 들을 가치조차 없어'라고 말하는 것 같았으니까.

동생은 의과대학에 진학했다. 그것도 나와는 달리 재수나 삼수를 하지 않은 채였다. 삼수생과 의대생을 대하는 사람들의 차별은 어린 아이도 느낄 정도로 집안 곳곳에 퍼져 있었다. 외부인들도 마찬가지였다. 집을 찾아오는 부모의 친구들만 봐도 그러했다.

"동생이 공부를 더 잘하나 봐."

"시험 기간만 되면 방에 틀어박혀서 나오질 않는다니까. 내가 저 애 덕분에 살아. 근데 큰 애는 같은 배에서 나왔는데, 왜 그런지 모르겠어. 내가 낳았는데도 모르겠다니까."

"네가 낳았는데 그런 말 해도 돼? 듣는 거 아니야?"

"들으라고 하는 소리지. 삼 년 동안 기자 되겠다고 꾸역꾸역 시험 치니까 그런 거 아니야. 그 성적이면 다른 대학 가고도 남았어. 굳이 그 대학엘 가겠다고 설치니……"

어머니는 항상 친구 분들이 집으로 돌아가시고 나면, 표정을 바꿔 나를 불러 이런저런 잔소리를 늘어놓으셨다. 레퍼토리는 항상 똑같았다. 의대에 간 동생과 비교하고, 친구 분들의 자식들 중 한 명과 비교하고, 너는 머리가 좋은데 기자가 되겠다고 설쳐대는 통에 대학을 못 갈 거라고 하고, 그 성적이면 다른 대학에 가고도 남았겠다는 순서였다.

'동생은 의대에 갔는데 너는 더 쉬운 언론학과를 못 가니. 그게 다 기자 되겠다고 설치니까 그런 거 아니야.'

'지수 기억 나니? 너보다 한 살 어린 애 있잖아. 오늘 전화 왔는데 그 애는 조기 입학 했다더라. 넌 무슨 대학 갔냐고 묻는데, 엄마가 부

끄러워서 끊었어. 제발 대학 좀 가라.'

'됐다. 수능 또 쳐 봤자 달라지는 건 없다. 이제 수능 준비 그만 하고, 이 성적으로 다른 과 가면 되잖아.'

다른 과에 가기보다는 언론정보학과에 진학해 기자가 되고 싶었다. 어머니를 망가뜨린 게 기자라고 해도, 우리 집을 나락으로 밀어넣은 게 언론사라고 해도 기자의 꿈을 놓을 수는 없었다. 내가 가진 첫 번째 꿈이었고 그걸 위해 고등학교 시절의 삼 년과 재수, 삼수를 더해도 합 오 년을 바쳤으니까 난 기자가 되어야만 했다.

"수능을 다시 쳐야 할 것 같아요."

"너 네 번째 수능인 건 알고 있니?"

"한 번만 더 할게요. 제발 딱 한 번만 더 해 볼게요."

"재수하고 삼수 준비할 때도 그렇게 말했던 것 같은데. 한 번은 용납할 수 있지만, 두 번은 안 돼. 수능 볼 생각하지 말고, 원서 내. 한 번만 더 네 입에서 기자 소리 나오면, 그때는 집에서 쫓겨나는 줄 알아라. 작년에 대학에 갔으면 올해 대학생일 텐데. 꼭 그 대학이어야 하는 거냐?"

"거길 가기로 마음 먹었으니까요."

"집을 망친 게 기자라고 해도? 기자 때문에 우리가 이렇게 살고 있다는 걸 아는데도 그러는 거냐."

어머니랑 아버지가 도박해서 그런 거잖아요, 라는 말이 목구멍까지 올라왔지만 삼키기로 했다. 집안의 금지어이기도 했고, 어머니와 아버지는 자신들의 그러한 행동을 기자라는 존재가 세상에 고발한 것으로 생각하고 있었기 때문이었다.

증발자들이 모여 살고 있는 골목은 이 동네 제일 위에 있었다. 증발자 중에는 강도나 폭력배들도 있었고, 전과가 쌓여 있는 사람들도 많아서 치안이 좋지 않기로 유명한 곳이었다. 여기서 일어나는 사건들은 대부분이 강력 사건이었다. 하지만 주민등록이 없는 사람들이라 해결이 힘들었고, 사회인들과 시비가 붙는 일은 잘 없었기 때문에 경찰들은 이곳에 오지 않았다. 어쩌면 경찰의 제일 윗선에서 이곳을 순찰 구역 중에서 없애버렸을 수도 있겠다. 간간이 돈을 받으러 들르는 경찰 빼고는 찾아오는 사람이 거의 없었으니까. 증발한 후 만난 P씨도 뇌물을 받는 경찰들과 마찬가지였다.

증발을 선택한 사람은 많을 수밖에 없었다. 돈만 주면 사회의 신분에 관계없이 모두를 증발시켜 주었으니까. 사회에서 살아갈 수 없던 범죄자는 당연했고, 나처럼 입시에 고통 받던 학생들이나, 가족과 인연을 끊은 사람들도 있었다. 이혼한 사람, 사회에서 능력을 인정받지 못하던 사람, 무리하게 회사를 운영하는 바람에 파산에 이르러 회생이 불가능한 사람들도 모여 있었다. 증발을 하게 되면 주민등록번호가 말소된다는 특성 때문에 교도소에 가는 것 대신 증발을 선택하는 경우도 많았다. 그리고 거기서 일어나는 일들을 처리하는 건 증발 구역에 한두 명씩 있던 경찰이었다.

부모는 다시는 수능을 치지 말고, 대학을 준비하라 했다. 다른 과를 가기란 죽기보다 싫었다. 현실적인 벽에 부딪히더라도 내가 진정으로 꿨던 꿈인 기자가 꼭 되고 싶었다. 동생은 고집불통인 나를 비웃었다. 처음에는 복수 전공이라도 하라면서 대학에 가라고 부추겼지만, 이것도 싫고 저것도 싫다 하니 그 애마저 포기한 것 같았다. 삼수생 첫째와 의대생 둘째라는 이 이야기를 꼭 기사로 써 보라느니, 기사를 쓰려고 해도 누가 너 같은 사람을 고용해서 기자로 쓰겠냐 같은 말을 늘어놓았다. 동생은 나와 달리 어렸을 때부터 의사가 꿈이었다. 수학을 잘했고, 일찍 철이 들어 죽어라 공부만 했다. 중학교 삼 년, 고등학교 삼 년 시간을 보내고 동생은 당당하게 의대에 입학을 했다. 내 선망의 대상이자 동시에 질투의 대상이었다.

처음으로 증발에 대해 알려준 건 동생이었다. 내가 알지 못하는 기억은 기사로 처음 접했을 수도 있다고 말하지만 지금의 기억 속에 남아 있는 건 동생이다. 그때 그 시절엔 단지 감정을 상하게 하고 놀리려는 의도에서 '증발'에 관한 이야기를 꺼냈을 것이다. 부모와 같이 살기 싫다면 증발이나 하라며 빈정댄 게 처음이었던 것 같다. 그때는 별다른 반응을 해 주지 않았다. 그저 한 귀로 듣고 한 귀로 흘려보냈을 뿐이었다. 증발에 대해 관심도 없었고, 무엇보다 다음 수능을 잘 쳐 당당하게 성적표를 내보일 자신이 있었기 때문이었다.

한창 이십 대를 수능으로 보내던 시절, 사수생 신분에서 부모의 집에 얹혀살기에는 예전보다 눈치가 많이 보였다. 그래서 수능을 치르겠다고 결정하고 동시에 자취를 결정했다. 위치는 증발자들이 모여 사는 동네 근처였다. 증발자들이 모여 있는 곳이라고 소문이 자자했던 탓에 동생은 시험을 망치고 없어진다면 그곳부터 찾아보겠다는 말을 했다. 분명하게 시험을 못 칠 거라고 놀리는 어투였다.

자취를 하면서 생활비를 벌기 위해 아르바이트를 시작했다. 처음으로 해 보는 자취였고 첫 아르바이트다 보니 여러모로 미숙한 점이 많았다. 다행히 매니저는 좋은 사람이었다. 서투른 부분이 있으면 알려주었고, 작은 실수를 해 기죽어 있을 때면 다독여주었다. 본받을 점이 많은 사람이었다. 거기다 사수생 신분이라고 밝히자, 매니저는 따로 자신의 시간을 내서 모르는 것을 알려 주기도 했다. 매니저는 공부를 잘했다. 나의 성적을 알고, 내 목표를 알고도 비웃지 않았다. 현실적인 조언을 해주기도 했지만 감정에 공감을 많이 해주면서 정서적인 교감을 나눴다. 어쩌다보니 매니저는 나에게 부모보다 더 의지가 되는 존재가 되었고, 부모보다 더 소중한 사람이 되었다.

그랬던 매니저가 사라진 건 한순간이었다. 매니저의 행방을 물었을 때 사장님은 '증발'한 것 같다고 했다. 매니저가 출근하지 않아 전화를 했는데, 없는 번호라고 알려주는 여성의 목소리만 들렸다고 했다. 불길한 생각에 매니저의 집으로 가 봤다고 했다. 예전에 사장님과 오랫동안 일하면서 서로의 집을 알게 된 사이라고 들었다. 하지만 집으로 갔을 땐 문이 잠겨 있었을 뿐만 아니라 창문 너머로 보이는 가구도 하나 없었다고 했다. 증발했다는 생각이 들어 경찰에 실종 신고를 한 결과, 주민등록번호가 뜨지 않는다는 말밖에 들을 수 없었다. 매니저가 왜 그렇게 극단적인 선택을 했는지 사장님은 이해되지 않는다고 했다. 그때 잡지에서 본 '인간 증발'에 관한 기사의 한 단락이 머릿속을 스쳐 지나갔다. 실패를 용납하지 않는 사회에 지친 사람들이 사회에서 도피하는 방법 중의 하나라고 했었다. 매니저는 왜 사회에서 도피했을까. 매니저도 그 나름의 이유가 있었을까? 명문대학교를 졸업하고, 한 가게의 매니저로 아르바이트를 하면서 그의 공부도 계속하고 있었다. 나의 시선에서 본 매니저는 그런 사람이었다. 그가 사라진 이후에도 나는 그 가게에서 계속 일을 했다. 여러 아르바이트생이 들어와 나는 매니저로 진급할 수 있었다.

가게에서 동생을 만났다. 같이 온 사람은 또래인 것으로 보아 친구인 것 같았고, 간간이 교수에 대해 이야기하는 것으로 보아 과 동기들인 것 같았다. 만약 내가 저 애처럼 한 번에 언론학과에 붙었다면 어땠을까. 다른 건 모르겠지만 지금 이렇게 살고 있지는 않을 것이라는 건 확실했다. 졸업 논문을 쓰고, 취업을 준비하면서 언론사를 뒤지고 다녔을 것이다. 하지만 사회가 시간과 친구를 따라가지 못하고 주저앉은 낙오자로 낙인찍은 나에게는 그러한 상상도 그저 과분한 망상에 불과했다.

"그냥 증발하는 게 어때? 솔직하게 가족이라는 거 말하고 다니기 쪽팔려."

"수능 준비해서 기자 될 거라니까."

"어머니랑 아버지가 알면 난리 나겠네. 기자가 되겠다는데 사수를 하는 게 말이 돼? 이미 늦을 대로 늦은 건 알아?"

"늦었다고 생각할 때가 가장 빠른 법이야. 죽어라 달리면 근처까지는 갈 수 있어. 너는 제발 내 삶에 끼어들지 마. 참견하지 말라고."

"늦었다고 생각할 때면 진짜 늦은 거야. 그런 생각이 들면 다른 길로 가 봐야겠다는 생각은 안 드는 거야? 진심으로 생각해서 하는 말인데. 가족이라고 말하고 다니기 쪽팔려서 그런 것도 있는데, 네 번째 수능을 친다니까 불쌍하기도 하고, 안쓰러워서 해주는 말이야. 실패하고 다른 것도 되기 싫으면 증발도 생각해 봐. 요즘 인터넷에 보니까 증발 브로커들이 많더라."

이전에도 그랬듯이, 한 귀로 듣고 한 귀로 흘려버렸다. 다음 수능에 목숨을 걸다시피 해야 했다. 말로는 국내에서 제일 가는 대학에 입학하는 게 꿈이라고 했지만, 이제는 성적만 된다면 근처에 있는 대학교 아무 곳이나 가면 됐다. 언론학과가 있는 곳으로 원서를 내서, 합격하는 게 목표였기 때문이다.

"K. 안 잘 거면 나도 안 자. 무슨 생각을 그렇게 하길래 표정이 심란해."

"별거 아니야. 그냥…… 대학 생각 하고 있었어."

"너 사수한 거 아니야? 대학 못 가서 여기 온 거잖아. 그리고 네가 사회에서 뭐 하고 살았던지 얘기하면 안 돼. 나는 입 꾹 다물고 있을 거니까 믿어도 되는데, 여기서는 밖에서 깽판 치고 다니는 전과자 같은 놈들 아니면 되도록 사회의 신분 이야기는 하지 마. 힘이 권력인 거 알잖아. 대학생이나, 만년 과장 같은 사람들은 힘이 없어서 살아가질 못해."

네 번째 수능은, 지금까지 치렀던 수능 중 최악의 점수였다. 수능장에 데려다주면서 응원하던 사장님께도, 이만하면 됐다면서 다음 수능 성적이 나오고 보자던 동생에게도 미안했다. 거기다 이미 증발해버렸지만 공부를 열심히 가르쳐줬던 매니저에게도 미안했다. 이 점수로는 대학의 발끝은 당연하고 원하던 과에도 닿을 수 없었다. 사장님에게 점수를 밝히기 부끄러워 매니저까지 진급했던 첫 번째 아르바이트를 그만뒀고, 집 앞 편의점 아르바이트를 시작했다. 간간이 연락을 주고받던 동생과는 연락을 아예 끊어버렸다. 그래야지만 마음이 편할 것 같았다. 편의점 아르바이트를 하면서 근처 경찰서의 경찰관인 P씨와 친해졌다. 피부가 햐얗고 다크서클이 진한 사람이었다. 근처 순찰을 돌 때면 항상 편의점에 들렀는데, 급하게 무전이 울리지 않는 이상은 순찰 조원을 조수석에 앉혀놓고 편의점에 들러 짧은 시간이라면 짧고 긴 시간이라면 긴 시간 동안 세상에 대한 이야기를 나눴다. 사회에 대한 이야기를 나눌 때도 있었고, 증발자들이 모여 사는 골목에 대해서 이야기를 나누기도 했다.

"증발 골목. 우리 사이에서는 거기를 그렇게 불러. 간간이 경찰서에서 보던 애들 만나면 잡아넣고 싶은데, 그러지 말라고 돈도 조금 받아서 농담 삼아 수금 골목이라고 하기도 하고."

P씨와는 그렇게 인연을 만들었다. 아르바이트를 하던 도중, 예전 가게 매니저를 만난 건 굉장한 우연이었다. 마감 십오 분 전, 창문을 툭툭 치면서 마감 시간이 되길 기다렸다. 그때 매니저가 문을 열고 들어왔다. 처음에는 잘못 본 게 아닌가 싶었다. 눈을 비벼봤지만 달라지는 건 그의 위치밖에 없었다. 천천히 걸어가는 그의 손에는 시커먼 얼룩이 잔뜩 묻고 꼬깃꼬깃해진 오천 원 한 장이 들려 있었다. 한 걸음 씩 움직일 때마다 바지 주머니에서 동전이 짤랑이는 소리가 났다. 매니저는 담배 한 갑을 샀다. 초점 없는 눈으로 나를 응시할 때, 척추를 타고 소름이 돋는 것만 같았다. 순간 내가 아는 사람이 아닐 거라는 생각을 했다. 내가 아는 그는 활기찼고, 긍정적이었고, 무엇보다 이렇게 텅 빈 눈을 하고 있지 않았다. 웃음으로 가득 차고, 생명력을 띤 눈이어서 초롱초롱한 눈이라고 이야기했던 기억도 분명히 있었다. 담배를 계산하고, 힘없는 발걸음으로 그가 편의점을 나갈 때 나를 다시 돌아봤다. 나가는 그를 멍하니 보고 있다가 눈이 마주치자 놀라서 급하게 포스기로 눈을 돌렸다. 편의점 문을 반쯤 밀었

다가 닫은 후 그는 계산대 앞으로 돌아왔다.

"K."

"……."

"K?"

손끝이 떨렸다. 명찰에 이름이 적혀 있어 K라는 사람이 아니라고 말할 수도 없는 상황이었다. 그와 눈을 마주쳤다. 조금 전의 공허한 눈빛은 온데간데없고 예전의 미소를 가진 매니저가 눈앞에 서 있었다.

"나 기억 안 나? 예전에, 아르바이트 했을 때 매니저였잖아."

"기억나요. 공부도 가르쳐 줬는데 기억을 못할 리가 없잖아요."

"수능은, 그 후로 어떻게 됐어? 여기 있는 걸로 봐서는 떨어진 것 같은데."

"망했어요. 그냥 확 증발할까 봐요."

'증발'에 관련된 이야기가 나오자 매니저는 표정이 잠깐 어두워졌다가, 금세 밝아졌다. 대화의 주제가 증발로 바뀌었을 때 그에게 물어보고 싶은 것이 있었다. 부족한 것 없이 자란 것 같던 그가 왜 증발을 선택했을까. 사회는 어느 행동을 해도 그의 편일 것만 같았고, 고생 하나 하지 않고 자라온 것만 같았는데 왜 '증발'이란 선택을 했는지 예전부터 궁금했었다.

"스타트업을 했는데, 망했어. 고등학교 졸업하고 나서 사업을 하나 준비했는데, 시작도 하기 전에 같이 하기로 했던 사람이 돈을 들고 도망가는 바람에 빚밖에 안 남았어. 그래서 아르바이트를 시작한 거야. 근데 수십 억이나 되는 돈을 나 혼자 감당할 순 없었고…… 기초생활수급자여서 부모님도 도와줄 노릇이 못 됐지. 그래서 파산하고, 빚쟁이한테 쫓겨 살 바에는 증발하는 게 나을 것 같아서 마지막 돈을 끌어모아 증발한 거야. 편해.”

“저도 증발하면 편해질까요?”

아르바이트를 다닐 때 집안 사정에 대해 말한 적이 있다. 매니저는 그런 상황을 이해한다고 했다. 지금의 그는 진심으로 나에게 증발을 제안해오고 있었다. 이제는 심각하게 받아들여야 할 때가 온 것 같았다. 현재 나에게는 선택권이 두 가지가 있었다. 첫 번째는 지금부터라도 부모의 말을 따르는 것이었고, 두 번째는 사회로부터 도피하는 방법인 ‘증발’이었다. 꿈을 놓치기는 싫었는데, 너무 많은 실패를 겪은 탓에 새로운 도전이 무서워졌다. 그래서 나는 후자를 선택했다. 매니저는 자신이 아는 증발 브로커와 연결해 준다고 했다. 자신이 증발할 때 도움을 줬던 브로커고, 간간이 골목에 나타나서 세상 소식을 전해주는 덕분에 인연이 끊기지 않았다며 전화번호를 알려준다고 했다. 더 이상 나에게는 희망이 없었다. 브로커의 전화번호를 받았고, 증발 약속을 잡았다.

지금껏 해 왔던 편의점 아르바이트를 그만두기로 했다. 증발을 선택한 이상, 돈을 벌고 살아가야 할 이유가 없었다. 사장님과 합의를 보고 그만두는 날, P씨가 편의점 안으로 들어왔다. 평소에도 피곤해 보이고 초라해 보이는 행색이었지만, 유난히 초췌해 보이는 것 같았다. 하얀 피부는 창백해 보였고 다크서클은 안경 밑으로 내려와 있었다.

“남편이 증발했어.”

“남편 분이 증발하셨다고요?”

“모르겠어. 갑자기 없어졌어. 집에 물건들이 없고, 퇴근 시간인데도 안 오는 거야. 그래서 다음 날 서류를 떼 봤지. 사망 처리가 되어 있더라고. 이게 증발 아니면 뭐야."

"증발하신 이유는 모르고요?"

"몰라. 정말 아무것도 몰라. 빚 같은 것도 없었는데. 전후 상황으로 봐서는 증발한 것 같은데, 내가 증발자들한테 돈 받아온 게 걸렸을 리도 없는데 왜 증발을 했을까."

P씨의 남편도 경찰이라고 했다. 하지만 P씨는 증발 구역에서 몰래 뇌물을 받았고, 그녀의 남편은 돈을 하나도 받지 않으려는 청렴 경찰이라고 했다.

"나 몰래 증발하는 거면 분명히 나한테 잘못한 게 있는데. 왜 증발한 건지 모르겠어. 유서도 없어. 이럴 거면 미리 알려주기라도 하지……"

브로커는 연락이 닿고 일주일 후, 검정색 밴을 몰고 약속 장소인 집 앞으로 찾아왔다. 창문에 까만 암막 커튼을 치고, 집 안에 있는 물건을 모조리 큰 가방에 쓸어 담았다. 자취방은 원룸에 대부분이 방을 구할 때 함께 있던 옵션이라 담을 것도 없었지만, 침대를 분리해서 담고 장롱의 옷들도 가방에 던져 넣었다. 소지품을 처리하는 건 빠르게 진행됐다. 집이 깔끔하게 치워지고 난 후, 브로커는 어느 구역으로 갈 건지 물어보았다. 구역은 생각보다 많았다. 그만큼 증발한 사람들이 이 세상에 많고, 사회에 싫증을 느낀 사람들이 많다는 소리였다. 동시에 죽는 게 두려워 이렇게나마 살아가는 '실패자'들이 많다는 뜻이기도 했다. 나는 편의점 근처에 있던 구역으로 가겠다고 답했다. 마지막으로 서류에 사회에서 마지막으로 남기는 사인을 하고, 브로커에게 돈을 지불했다.

"증발하시는 이유가 무엇인지 물어봐도 될까요?"

"그건 왜요?"

"저희도 일하는 사람들이다 보니까, 업무 일지를 써야 하거든요."

"가족 갈등 때문이라고 해주세요."

"알겠습니다. 이제 실종 처리는 다 되셨습니다. 거의 사망과 마찬가지이니 '증발 골목'으로 가시면 됩니다. 증발자로서의 삶을 즐기시길 바랍니다."

나의 증발은 대략 두 시간 만에 끝났다. 이십 년 넘게 살아온 인생이 두 시간 만에 정리되는 기분에 약간의 허무한 느낌이 들었다. 차를 타고 골목으로 들어오자 매니저가 기다리고 있었다. 그는 이 골목에서 금방 적응하긴 힘들 거라면서 미리 자리를 잡은 자신과 함께 살자고 했다. 평범한 사회의 골목을 생각하면 안 된다고 덧붙이기까지 했다.

"K. 이 골목에선 조심해야 돼. 말도, 행동도 모두. 범죄자가 많다는 건 알고 있을 거야. 전직 조폭도 있고, 사기범, 절도범, 성폭력범 등등 아주 많아. 사회에 내려가면 '증발인'이라는 게 들키고, 그럼 '증발인'이 '사회인'에게 범죄를 저질렀다고 가중처벌을 받게 되니까 이곳에서 범죄를 저지르는 사람들도 많아. 그러니까 제발 조용하게 살아."

증발인과 사회인으로 나누는 신분 사회나 다름없었지만, 이미 증발을 선택한 이상 이곳의 법을 따르고 이곳의 규칙에 맞춰 살아야만 했다.

"돈은 어디서 벌어 오나요? 지난번에 편의점에서 보니까 돈을 들고 있던데."

"일용직. 보통은 공사판이 많지. 노가다밖에 못해. 신분 증명이 필요하지 않으니까. 그건 차차 알아가는 걸로 하자. 당분간은 내가 도와줄 거야. 하지만 나도 도와주는 데는 한계가 있어. 처음 내가 여기 왔을 때 도와준 분이 계시는데, 그분이 날 이렇게 도와줘서 보답으로 너도 도와주는 거니까 시간이 지나면 너도 독립해야 한다."

골목의 사람들이 하는 유머가 있다. 이 세상은 두 부류의 사람들로 나뉘는데, 이미 증발한 사람들과 곧 증발할 사람들이라는 것이다. 증발자가 되기 전 사회에 있을 때, 한 해 동안 자그마치 십만 명이 사망하거나 실종된다는 기사를 봤다. 그리고 그중 팔만 명에서 구만 명 정도는 실종자를 찾지 못한다고 했다. 모두 '증발자'가 되는 것이다. 이 사회에서 살아가기는 싫지만, 그렇다고 죽음을 선택하는 것은 무서워서 '인간 증발'을 선택한 사람들. 내가 그 팔만 명에서 구만 명 중 한 명이 될 줄은 상상도 못했다. 기자가 된다면 언젠가는 이 '증발자'와 '증발 골목'에 관해서 기사를 다뤄봐야겠다고 생각했었다. 어쩌면 이건 나 나름대로의 잠입 취재가 아닐까 하는 생각이 든다.

한때 죽기에는 목숨이 아깝다고 생각한 사람들이 어렸던 나의 눈에는 단순히 사회의 '루저'로 보였다. 그때의 나와 또래인 학생들은 나를 모두 그렇게 생각하고 있을 것이다. 살아가기 힘들어서 죽음을 택하고 싶지만, 죽음을 선택하기에는 아직 하늘이 만들어준 목숨이 아깝다는 생각이 들어 함부로 버리지 못하고 살아가는 사람.

나는 루저가 맞다. 다른 사람들이 죽음을 두려워한 겁쟁이, 사회가 무서워 도망친 겁쟁이라고 욕해도 상관이 없다. 나는 '반죽음'을 선택한 것이다. 사회의 사람들은 더 완벽한 사람을 원하고, 우리는 그것의 기준에 맞춰가야만 한다. 그 기준에 맞추다 보면 어느새 더 완벽한 사람을 원하는 사회가 만들어져 있다. 완벽을 추구하는 사회가, 실패를 결코 용납하지 않는 사회가 서서히든, 혁명적이든 절대 바뀔리 없다. 몇십 년이고 몇백 년이고 그렇게 살았으니까. 아마도 그런 사회를 빨리 탈출한 우리는 언젠가 '루저'가 아닌 '위너'로 불릴 것이다.

학교 (鶴橋)

우희연

　우리 마을은 산으로 둘러싸인, 확실히 도시보다는 시골에 가까운 그런 곳이다. 산마루에 올라가 마을을 내려다보면 온통 사각형의 밭이 펼쳐져 있었다. 예전 미술 시간에 마을 풍경 그려오기가 숙제였던 날 어떤 아이는 초록빛과 연둣빛의 사각형만 잔뜩 그려왔을 정도였다. 삼각형 산으로 둘러싸인 네모난 밭들이 가득한 곳, 우리 마을은 그런 곳이었다. 하지만 우리 마을 지도를 자세히 보면 중심에는 어떤 다리가 위치하고 있음을 알 수 있다. 그 다리는 직선으로 이루어진 삼각형과 사각형만이 가득한 우리 마을의 유일한 곡선이었다.

　학교가 끝나고 집에 가려면 나는 항상 낡은 다리를 건너야 했다. 마을 사람들은 모두 그 다리를 학교(鶴橋)라고 불렀다. 마을에서 가장 나이가 많은 이장 할아버지 말에 의하면 옛날에는 그 다리 근처에 학이 많이 살아서 학교라고 불렀다고 한다. 하지만 지금은 물이 다 말라 밭으로 사용되는 땅 위에 위치한 낡은 다리일 뿐이었다. 나는 강에 물이 흐르는 모습도, 학이 무리지어 모인 모습도 본 적이 없었다. 문득 아빠는 그런 모습을 본 적이 있을까 궁금해졌지만 고개를 흔들며 아빠에 대한 생각을 그만뒀다. 할아버지가 술에 취하면 늘 말하듯이 우리 아빠는 아들도 애비도 다 버린 못된 놈이었다. 서울에 가겠다고 고향땅을 매정하게 떠나버린 놈이었다. 나에게 아빠는 학 같은 존재였다. 옛날에 분명 존재했었다고는 하지만 내가 실제로 본 적은 없는 그런 존재였다.

학교를 마치고 집에 오는 길에 나는 학교(鶴橋) 아래 기둥에 등을 기대고 앉아 새 도감을 꺼냈다. 목차를 훑어보며 학을 찾았다. 목차는 크게 물새와 산새로 구분되어 있었는데 학은 물새로 구분되어 있었다. 새 도감에는 학이 두루미라는 이름으로 실려 있는데 두루미가 한자로 학이라고 한다. 학에 대한 정보를 읽어나가던 중 '철새'라는 단어가 눈에 들어왔다. 철새인 두루미는 매년 11월에 우리나라를 찾아와 3월에 떠난다. 두루미처럼 매년 같은 시기에 찾아와 잠시 머물다가 떠나는 이장 할아버지네 아들인 김씨 아저씨가 떠올랐다. 그러고 보니 김씨 아저씨는 정말 철새 같았다. 어쩌면 사람들도 텃새, 철새로 나뉘는 것일지도 모른다. 아빠는 이미 고향을 떠났으니 텃새는 아니었다. 그렇다면 철새일 것이다. 그래서 나는 언젠가 아빠가 나에게로, 고향으로 돌아올 것이라고 생각했다. 사실 이 믿음은 우리 마을에 학이 돌아올 것이라는 믿음만큼이나 불확실했다.

학교(鶴橋) 아래 기둥 옆은 적당히 그늘지고 시원한 곳이라 더위를 피하기에는 아주 좋은 장소이다. 밭으로 사용되고 있지만 다리 바로 아래 땅은 너무 그늘진 탓에 작물이 잘 자라지 않았다. 그래서 어디선가 슬금슬금 뻗어 나온 호박 넝쿨만 조금 치우면 앉을 만한 공간을 쉽게 만들 수 있었다. 나는 매일 학교 밑 작은 공간에 앉아 해질녘까지 숙제를 하거나 흙장난을 하며 시간을 보내곤 했다. 나에게 학교 아래 그 공간은 특별하게 느껴지는 장소였다. 그래서 어느 날 학교 아래에 어떤 아저씨가 서 있는 걸 봤을 때 나는 멈춰 설 수밖에 없었다. 그 아저씨는 가만히 서서 먼 산을 바라보고 있었는데 입고 있는 검은 바지와 흰 셔츠는 이질적으로 느껴질 만큼 빳빳하게 다려져 있었다. 나는 잠시 망설였다. 그러다 결국 다리 위를 건너가기 시작했다. 이대로 집에 가면 또 할아버지는 술에 취해서 내 어깨를 붙잡고 옛날이야기를 하겠지만 오늘만이니까 괜찮을 거라고 생각했다. 다리를 다 건너간 후 뒤를 돌아봤다. 계속 먼 산을 바라보던 아저씨가 언제부터 이쪽을 보고 있었는지 나와 눈이 마주쳤다. 나는 재빨리 고개를 돌린 후 집으로 갔다.

다음날 나는 학교를 마친 후 학교(鶴橋)를 향해 걸었다. 걱정했던 것과는 달리 다리 밑에는 아무도 없었다. 나는 따가운 햇볕을 피해 그늘진 곳에 자리를 잡고 스케치북을 꺼냈다. 요즘은 새 도감을 한 장 한 장 넘겨가며 거기에 나와 있는 새 그림을 그리는 게 내 취미였다. 학, 그러니까 두루미는 70쪽에 나와 있는데 나는 아직 25쪽의 휘파람새를 그리고 있었다. 여름방학 전까지는 학을 그리고 싶다는 생각을 했다. 휘파람새의 옅은 갈색 몸통을 색칠하면서 나는 책장을 넘겨 학의 사진을 가만히 바라봤다. 그때 등 뒤에서 발자국 소리가 들리더니 어제의 그 아저씨가 말을 걸었다. 흰 셔츠와 검은 바지는 오늘도 이질적일 정도로 빳빳하게 다려져 있었다. 아저씨한테서는 머리가 아픈 향수 냄새가 났다. 우리 마을 사람은 아닌 것 같았다. 아저씨는 유유히 휘파람을 불며 내 스케치북을 가리켰다.

"휘파람새구나. 그치?"

내가 아직 대답을 하지도 않았는데 아저씨는 펼쳐져 있는 새 도감을 바라보며 또다시 내게 말을 걸었다.

"학이네. 그렇지? 여기 다리 이름이 아마 학교였나?"

내 무관심한 반응에도 아랑곳하지 않고 아저씨는 계속 말을 이어 갔다. 학의 머리 위 빨간 부분이 털이 아니라 피부인 건 아는지, 그래서 학창시절 머리를 빡빡 깎았을 때 머리의 빨간 점을 본 아이들이 학이라는 별명을 붙여 주었다느니 그런 이야기를 하며 계속해서 나에게 말을 걸었다. 나는 불편해져서 가방을 챙긴 후 자리에서 일어났다. 그냥 집으로 돌아갈 생각이었다.

그렇게 곧장 집으로 돌아와서 숙제를 하고 있었는데 대문 두드리는 소리가 났다. 아마 할아버지일 것이다. 인사를 하려고 마루에 앉아 신발을 신고 대문 쪽으로 향하다 멈칫했다. 할아버지도 마당을 가로질러 대문 쪽으로 가고 있었기 때문이다. 내가 멈칫하는 사이 할아버지가 대문을 열었다. 할아버지는 한동안 대문 밖의 사람을 가만히 노려봤다. 이상하게도 할아버지도 대문 밖의 사람도 아무 말이 없었다. 그러다 대문 밖의 사람이 일단 들어가겠다는 말을 하며 들어왔다. 낮에 다리 밑에서 봤던 그 아저씨였다. 순간 놀라서 머리가 멍해졌다. 저 아저씨가 왜 우리 집에 왔는지 전혀 모르겠다는 생각이 들었다. 동시에 한편으로는 무의식중에 뭔가 짐작하고 있었던 것처럼 느껴졌다. 기분이 묘했다. 그 아저씨도 나를 보고 당황한 것 같았다. 낮에 자꾸 말을 걸던 모습과는 다르게 내 시선을 피했다.

할아버지와 아저씨가 안방에서 이야기하는 동안 나는 대화 내용을 듣기 위해 문에 바짝 붙어 있었다. 생태복원 사업, 그리고 내 이름과 나이가 반복해서 언급되고 있었다. 처음에는 퉁명스럽게 느껴지는 정도였던 할아버지의 목소리가 대화가 진행될수록 고함치는 것에 가까워졌다. 반대로 아저씨의 목소리는 처음부터 끝까지 낮고 일정해서 잘 들리지 않았다. 내가 더 자세히 들으려고 방문 틈에 귀를 더 가까이대자 할아버지의 목소리가 귓가에 또렷하게 들려왔다. 분명 또렷하게 들렸던 것 같은데 하얘진 내 머릿속에는 '아빠'라는 단어만 남았다. 희미하게 머릿속에 떠다니던 생각이 또렷하게 정리된 느낌이었다.

다음 날 아침이 밝았다. 나는 학교에 가려고 가방을 매고 할아버지께 인사를 했다. 곁눈질로 흘긋 보니 아저씨는 마당 한쪽에서 통화를 하고 있었다. 나와 잠시 눈이 마주친 것 같았는데 아저씨는 슬쩍 고개를 돌렸다. 다음날도, 그 다음날도 비슷한 상황이 반복됐다. 그러다 할아버지가 동네 친구들이랑 술을 먹느라 조금 늦게 들어온 날이었다. 나는 마루에 엎드려 미술 숙제를 하고 있었다. 푸른 강물을 배경으로 물고기를 하나씩 그려나가는 중이었다. 그때 줄곧 멀리서 나를 지켜보기만 하던 아저씨가 나에게 말을 걸었다.

"나준이가 초등학교 3학년이지?"

"네."

귀뚜라미 소리가 들려왔다. 귀뚜라미 소리가 잠시 멈췄다 다시 들려올 때쯤이었다. 내 그림을 바라보며 아저씨가 다시 말을 걸었다.

"마을에 강이 생기면 어떨 것 같아?"

나는 잠시 고민했다.

"강이 생기면 학이 돌아올까요?"

아저씨는 고개를 들어 하늘을 바라보다 눈을 감았다.

"그래. 학도 강을 기다리고 있었을 거야."

별이 반짝이는 밤하늘 위로 구름이 흘러갔다. 나는 반짝이는 조약
돌 위로 강물이 흘러가는 모습을 상상했다.

그렇게 아빠와 대화를 나눈 후 며칠이 지나 주말이 되었다. 할아
버지 심부름으로 동네 슈퍼를 가던 길이었다. 슈퍼에 다 와갈 때쯤
슈퍼 앞 평상에 동네 사람들이 모여 있는 모습이 보였다. 심각해 보
이는 사람들을 지나 슈퍼 안으로 들어갔다. 뒤꿈치를 들고 팔을 뻗
어 할아버지가 사오라고 한 하얀색 병의 막걸리를 꺼내들었다. 높은
곳에 진열되어 있어서 꺼내기가 힘들었다. 막걸리 병을 들고 계산대
앞에 선 후에야 슈퍼 할머니가 없다는 사실을 알아차렸다. 가게 안
을 두리번거리던 중 유리문으로 슈퍼 할머니가 평상 앞에 사람들과
함께 서 있는 모습이 보였다. 분위기가 심각해 보여서 끼어들기 힘
들었지만 얘기는 끝날 기미가 보이지 않았다. 빨리 가지 않으면 할
아버지가 화낼 거라는 생각에 유리문을 열고 슈퍼 할머니를 불렀다.

계산을 마치고 집으로 돌아가는 길이었다. 나는 막걸리 병이 든 비
닐봉지를 빙글빙글 돌리며 아까 평상 앞에서 들은 마을 어른들의 대
화를 떠올렸다. 들은 내용으로 짐작해 봤을 때, 생태복원 사업으로
강이 다시 생겨나게 됐고, 그렇게 되면 지금 그곳에 있는 밭을 못 쓰
게 되서 마을사람들이 모두 불만스러워하는 상황인 것 같다. 그때
아빠가 처음 집에 왔던 날의 기억이 머릿속을 스치고 지나갔다. 그
때 내가 몰래 엿들었던 할아버지와 아빠의 대화 속에서도 생태복원
사업과 관련된 이야기를 들었던 기억이 났기 때문이다. 아빠가 생태
복원 사업과 관련이 있을 것이라는 결론에 다다르자 기분이 가라앉

왔다. 그러니까 아빠는 순전히 일 때문에 이곳에 왔던 것이었다. 발걸음이 점점 무거워졌다.

집에 도착하자 할아버지가 왜 이리 늦게 왔냐고 혀를 차며 봉지를 뺏어 들었다. 평소 같으면 그런 할아버지의 행동에 주눅이 들었을 것이다. 그런데 이상하게도 오늘은 별로 신경이 쓰이지 않았다. 멍하니 책상 앞에 앉아 있다가 습관처럼 스케치북을 펼쳤다. 내가 맨 마지막으로 그린 새는 39쪽의 곤줄박이였다. 평소처럼 70쪽의 두루미를 그리기까지는 얼마나 남아 있는지 세어보다가 멈췄다. 그냥 상관없다는 생각이 들었다. 70쪽의 두루미까지 모두 그리면 뭔가 멋진 일이 일어날 것 같은 막연한 느낌에 매일 하루도 빠짐없이 새를 그렸었다. 하지만 왠지 오늘은 그냥 눕고 싶었다. 그날 밤에는 아빠가 일이 끝난 후 다시 서울로 떠나버리는 꿈을 꿨다. 악몽을 꿨다고 생각했는데 어떻게 보면 악몽은 아니었다. 악몽을 꿨을 때는 늘 잠에서 깨고 나면 안심이 됐었는데 이번에는 전혀 그렇지 않았기 때문이다.

나는 며칠째 스케치북을 펼쳐보지 않았고 여름방학은 점점 다가오고 있었다. 여름방학 전까지 목표한 만큼 다 그리지 못할 것이 확실해졌다. 그럴수록 스케치북을 더욱 펼치고 싶지 않았다. 항상 가방에 넣어 다니던 스케치북과 새 도감을 먼지 쌓인 책장 위에 올려두었다. 그건 학교를 마치면 곧장 학교(鶴橋)로 향하던 예전과는 달리 요즘은 바로 집으로 가기 때문이기도 했다. 학교(鶴橋) 근처로 가면 아빠가 다른 몇몇 아저씨들과 함께 다리 주변을 돌아다니며 이것저것 조사하는 모습이 보인다. 이제 더 이상은 학교 아래에서 시간을 보내며 그림을 그릴 수가 없었다. 그래서 좀 둘러서 가더라도 슈퍼가 있는 쪽 길을 통해 집으로 갔다. 그러다 가끔씩 슈퍼에 들러서 과자를 사기도 했다. 하지만 얼마 안가 슈퍼도 그냥 지나치게 되었다. 기분 탓일 수도 있지만 슈퍼 할머니나 마을 사람들의 시선이 조금 차갑게 느껴졌기 때문이다. 나도, 그리고 강이 생겨나는 것도 환영받지 못하고 있었다.

오늘도 학교를 마친 후 곧장 집으로 왔다. 이렇게 아무데도 들르지 않고 바로 집에 와버리면 항상 지루하고 무료한 시간을 보내야 했다. 차라리 숙제라도 있으면 좋을 텐데 하필 오늘은 숙제가 없는 날이었다. 그렇다고 스케치북과 새 도감을 꺼내 와서 그림을 그리고 싶지도 않았다. 괜히 텔레비전 채널만 이리저리 바꿔보고 있을 때였다. 대문이 열리는 소리가 났다. 나는 대문 열리는 소리가 나자마자 마당으로 달려갔다. 할아버지일 줄 알았는데 아빠였다. 오늘은 평소보다 일찍 들어온 편이었다. 아빠는 밝은 목소리로 보름달이 떴다며 학교(鶴橋) 위에 서서 뻥튀기를 먹으며 달을 구경하자고 말했다. 그렇게 말하며 뻥튀기 봉지를 흔들었는데 그 모습이 어쩐지 어설퍼 보여서 웃음이 나왔다.

아빠가 건네준 뻥튀기 봉지를 들고 아빠를 뒤따라 대문 밖으로 나섰다. 하늘은 곧 비가 올 것처럼 흐렸다. 하지만 아까 텔레비전 채널을 돌리다 얼핏 본 일기예보에서 당분간 비가 오지 않을 것이라고 했던 기억이 났다. 그래서 우산은 챙기지 않았다. 저녁 시간이어서 길은 한적했다. 아빠, 그리고 나 말고 길 위에 보이는 건 곳곳을 날아다니는 반딧불이 뿐이었다. 나보다 앞서서 걸어가고 있는 아빠의 머리는 띄엄띄엄 있는 가로등 때문에 밝아 보였다가 어두워 보였다가를 반복했다. 그러다 가로등 아래를 지나 다시 어두운 구간을 걷고 있을 때쯤이었다. 아빠가 뒤돌아보지도 않은 채로 머뭇거리며 일 때문에 이번 주 주말에 다시 서울로 가야 한다고 말했다. 나는 발걸음을 멈췄다. 내가 더 이상 뒤따라오지 않는다는 것도 눈치채지 못한 듯 아빠는 계속 말을 이어갔다. 아마 할아버지 말 잘 듣고 공부를 열심히 하라는 둥 이런저런 당부의 말을 했던 것 같다. 하지만 나는 이미 아빠의 말을 제대로 듣고 있지도 않았다. 나는 잠시 숨을 몰아쉬다가 할아버지 말이 모두 맞고, 아빠는 나쁜 사람이라고 소리 질렀다.

아빠는 그제야 뒤돌아서 나를 향해 다급하게 걸어오기 시작했다. 나는 아빠를 피해서 마구 달렸다. 그렇게 도망치다 보니 다시 대문 앞에 다다르게 됐다. 하지만 집에 들어가면 아빠와 다시 마주칠 것이다. 숨을 곳이 필요했다. 급하게 주위를 두리번거리던 내 시선 끝에 옥상 계단이 보였다. 나는 더 생각해 볼 겨를도 없이 마당을 가로질러 옥상으로 달려갔다. 옥상 벽에 기대서 숨을 몰아쉬는데 눈물이 나왔다. 차라리 아빠를 따라서 서울에 가고 싶다고 했으면 상황이 달라졌을지도 모르겠다는 생각이 들었다. 웅크린 채로 마당에서 들려오는 소리에 귀를 기울이고 있는데 몇 분 뒤 아빠가 대문을 열고 들어와 마당에서 통화하는 소리가 들렸다. 아마 할아버지와 통화하는 것 같았다. 그때 빗방울이 떨어지기 시작했다. 나는 그제야 주변을 둘러보았다. 아까는 정신이 없어서 주변을 제대로 보지도 못했지만 깜깜한 밤에 비까지 내리는 옥상은 스산했다. 옥상 한쪽 구석에는 예전에 외양간에 썼던 철근들이 쌓여 있었고, 철근을 덮어둔 방수포가 비바람에 펄럭였다. 추위 때문인지 아니면 무서워서인지 몸이 덜덜 떨렸다.

멀리서 할아버지와 아빠가 나를 부르며 찾아다니는 소리가 들렸다.

아빠와 할아버지는 내가 옥상에 있을 것이라고는 전혀 상상도 못한 채로 마을 이곳저곳을 찾아다녔다. 그러다 새벽이 되서야 옥상에서 울다 지쳐서 잠든 나를 발견했다. 나는 밤새 비를 맞아 감기에 걸렸다. 병원에서는 열이 높아서 적어도 이틀 정도는 학교를 못 간다고 했다. 사실 나만큼 심하지 않았을 뿐, 할아버지와 아빠도 감기 기운이 있어 보였다. 특히 할아버지는 기침을 아주 심하게 했다. 할아버지도, 그리고 아빠도 이 정도 감기는 괜찮다고 했지만 내가 보기에는 많이 아파 보였다. 괜히 나 때문에 그런 것 같아서 죄책감이 들었다.

내가 학교에 다시 나가기 시작한 후에도 할아버지는 계속 방에 누워서 기침을 했다. 거실을 지나다닐 때면 할아버지가 누워 있는 방에서 기침 소리가 들렸다. 아빠도 할아버지만큼은 아니지만 계속 잔기침을 했다. 열이 나서 얼굴이 울긋불긋해 보이는데도 아빠는 일을 꼬박꼬박 나갔다. 나는 아침에 등교 준비를 하며 빨간색 돼지 저금통을 챙겼다. 하굣길에 약국에 들를 생각이었다. 이틀 만에 간 학교는 평소와 다를 바 없는 듯했지만 뭔가 조금 생소하고 어색하게 느껴졌다. 1교시는 미술 시간이었다. 사물함에서 꺼내온 크레파스를 책상에 놓고 수업종이 빨리 치기만을 기다렸다. 선생님이 도화지를 나눠준 후에 칠판에 주제를 크게 썼다. 주제는 '가족'이었다. 평소와는 달리 도화지가 너무 넓게만 느껴졌다. 문득 가족이란 어떤 것인지 의문이 생겼다. 내 짝꿍은 부모님과 자신을 그렸고, 내 앞자리 애는 할아버지와 할머니, 그리고 강아지와 자신을 그렸다. 주변을 둘러보며 한참을 고민하다 도화지를 채워나가기 시작했다.

하굣길에 약국에 들러 할아버지와 아빠의 약을 샀다. 그런데 돈이 조금 남았다. 돈을 어디에 쓸지 고민하던 중 나를 열심히 간호해 주던 아빠의 모습과 내가 아빠에게 소리 질렀던 일이 계속 떠올랐다. 그러고 보니 아무도 내가 아빠에게 소리 질렀던 일에 대한 얘기를 꺼내지 않았다. 할아버지한테도, 그리고 아빠한테도 엄청 혼날 줄 알았는데 아무도 나를 혼내지 않았다. 왠지 마음이 더 무거워졌다. 남은 돈은 아빠를 위해 사용하고 싶었다. 좋은 방법이 없을까 하고 고민하다가 수첩을 하나 샀다.

그렇게 시간은 흘러갔고 벌써 토요일이었다. 내일이면 아빠는 다시 서울로 간다. 나는 모두가 잠든 시간에 조용히 일어났다. 얼마 전에 사 둔 수첩을 펼쳐 내용을 한번 더 확인 해봤다. 맨 첫 장에는 사과의 편지가, 그리고 그 뒷장부터는 쿠폰들이 그려져 있었다. 예전 어버이날에 학교에서 만들었던 청소 쿠폰을 떠올리며 열심히 그린 쿠폰들이었다. 그렇게 완성해서 준비해 둔 수첩을 들고 살금살금 거실을 지나 아빠 방 문 앞에 섰다. 조심스럽게 문을 열기 시작했다. 아빠 방문은 미닫이문이라 늘 여닫을 때 드르륵거리는 소리가 심했다. 조심스럽게 문을 열었지만 작게 나는 소리도 유난히 크게 느껴져서 숨을 죽였다. 뒤꿈치를 들고 아빠의 머리맡에 있는 탁자로 걸어갔다. 쌓여 있는 서류위에 수첩을 놓아두고 방을 빠져나오는 내 발걸음 뒤로 아빠의 기침 소리가 들렸다. 잠에서 깼을까 봐 멈칫하는데 뒤이어 코고는 소리가 들려왔다. 안심한 나는 조용히 내 방으로 돌아왔다.

다음날 나는 할아버지와 함께 아침 일찍 집을 나서는 아빠를 배웅했다. 아빠는 서울에 늦지 않게 도착하려면 일찍 나서야 한다며 서둘렸다. 햇볕이 쨍쨍한 날이었다. 감나무 아래에 세워진 아빠 차 지붕에는 감나무 그림자가 드리우고 있었다. 나는 따가운 햇볕에 눈을 찌푸리며 아빠를 바라봤다. 아빠는 차키를 꺼내서 차를 세워둔 곳으로 걸어가고 있었다. 아빠가 이대로 가버리는 건가 해서 조바심이 났다. 어젯밤에 수첩을 제대로 놓아뒀었는지 기억을 다시 되새겨 봤다. 아빠한테 수첩을 봤는지 물어봐야 하나 망설여졌다. 그때 차문을 열던 아빠가 앞좌석에서 가방을 꺼내 뒤적거렸다. 뭔가를 덜 챙긴 건가해서 아빠를 바라보고 있는데 아빠는 가방에서 수첩을 꺼내더니 대문 앞에 서 있는 할아버지와 내 쪽으로 걸어왔다. 아빠는 웃으며 이런 쿠폰 수첩이 아니었더라도 이곳에 다시 올 계획이었다고 했다. 하지만 이 쿠폰을 쓰기 위해서라도 더 자주 오겠다고 약속했다. 나는 미소 지으며 아빠와 작별인사를 했다.

아빠가 다시 서울로 떠난 지 일주일이 지났고 이제 여름방학이 시작됐다. 그리고 나는 다시 학교(鶴橋) 아래서 스케치북에 새를 그리며 시간을 보내곤 한다. 이대로라면 이제 곧 70쪽에 있는 학을 그릴 수 있을 것 같다. 그리고 요즘은 새 말고 아빠도 그리고 있다. 아빠한테 선물로 줄 생각인데 아빠 옆에는 할아버지랑 나도 그려 넣을 생각이다. 우리 가족을 그린 그림이기에 아빠도 분명 좋아할 것이다. 그렇게 다리 밑에서 그림을 그리다가 해질녘에 집에 돌아와 책상 앞에 앉았다. 공책을 꺼내 아빠가 집에 오면 하고 싶은 일을 생각해 보며 이리저리 계획을 세웠다. 그런데 계획을 세우다 보니 마음에 걸리는 게 하나 있었다. 아빠한테 선물한 수첩 안에 가득 그려놓은 쿠폰 때문에 하루 종일 청소만 해야할까 봐 조금 걱정이 됐기 때문이다. 그게 조금 마음에 걸리긴 하지만 그래도 아빠가 오는 날이 기다려지는 건 여전했다. 할아버지 말로는 올해 겨울이면 아빠를 다시 볼 수 있다고 한다. 이제 막 여름방학이 시작됐기에 아직 겨울이 되려면 멀었다는 건 안다. 하지만 혹시나 아빠가 이쪽으로 걸어오고 있지는 않을까 하는 마음에 나는 때때로 학교(鶴橋)위에 서서 먼 산을 바라보곤 했다.

그 여름방학 이후로 거의 3년이 흘러 나는 이제 6학년이다. 그리고 우리 마을에는 강이 생겼다. 제 역할을 못하던 다리도 다시 자기 역할을 되찾았다. 처음에는 밭으로 쓰던 땅을 못 쓰게 된다며 불만스러워하던 마을 사람들도 어느새 강을 마음에 들어 하는 것처럼 보였다. 아마도 밭에 물을 댈 수 있게 농수로를 만든 게 마을 사람들을 설득하는 데 가장 큰 역할을 했던 것 같다. 나는 학교를 마치고 다리를 건너며 다리 아래로 흘러가는 강을 내려다보았다. 노인회관에서 하루 종일 장기만 두던 할아버지들은 이제 낚시라는 새로운 취미가 생긴 듯했다. 그리고 강가에서 물수제비를 던지며 놀고 있는 아이들도 보였다. 처음에는 환영받지 못했던 강이 이제는 마을에 완전히 자리를 잡고 유유히 흘러가고 있었다. 나는 다리를 건너 집으로 걸어가며 바람 한 점 불지 않는 파란 가을 하늘을 올려다봤다. 잠자리들이 날아다니는 걸 보니 이제 영락없는 가을이었다. 그러고 보니 다음 주면 벌써 추석이었다.

이른 아침, 차가운 공기와 마당에서 들려오는 시끄러운 소리에 눈을 떴다. 요즘 들어 부쩍 서늘해진 날씨 때문에 이불 속이 더 아늑하게 느껴졌다. 따뜻한 이불 속으로 파고들어 괜히 뭉그적거리며 이불 밖으로 얼굴만 내놓고 벽에 걸린 달력을 가만히 바라보다 벌떡 일어났다. 오늘은 추석이고, 아빠가 오는 날이었다. 내복 위에 대충 겉옷을 걸치고 마당에 나가자 할아버지와 아빠가 부산스럽게 성묘 갈 준비를 하는 모습이 보였다. 아빠가 웃으며 손을 흔들었다. 나도 미소 지으며 아빠와 할아버지를 도우러 달려갔다.

덜컹거리는 트럭을 타고 논밭 사이를 달리고, 다리를 건너 산에 도착했다. 길을 잘 아는 할아버지가 앞장서서 산을 올라갔고, 아빠와 나는 뒤에서 할아버지를 따라갔다. 산길은 점점 가팔라졌다. 산 중턱을 올라가는데 흐드러지게 핀 구절초가 바람을 타고 한들거렸다. 하얀 구절초가 바람에 물결치는 모습이 시원한 강물 같아 보여 숨을 들이마셨다. 은은하고 향긋한 가을 향기가 느껴졌다. 산길을 따라 좀 더 올라가다 보니 작은 계곡이 보였다. 시냇물처럼 얕은 계곡물의 밑바닥에는 나무에서 떨어진 낙엽이 층층이 깔려 있었다. 계곡을 지나 소나무 몇 그루가 서 있는 산마루에 도착했다. 산길이 가팔라서 숨이 차올랐다. 그래서 잠시 산마루에 멈춰 서서 숨을 고르며 마을을 내려다봤다. 소나무 가지 사이로 마을 풍경이 한눈에 들어왔다. 숨을 고르며 한동안 마을을 내려다봤다. 선선한 가을바람이 내 볼을 스치고 지나갔다.

우리 마을은 산으로 둘러싸인, 여전히 도시보다는 시골에 가까운 그런 곳이다. 산마루에 올라가 마을을 내려다보면 가장 먼저 눈에 띄는 건 마을을 가로지르는 강이다. 그리고 강의 주변으로는 온통 사각형의 밭이 펼쳐져 있다. 지도를 자세히 보면 강의 중간쯤에 위치하고 있는 낡은 다리가 보일 것이다. 그 다리는 직선으로 이루어진 삼각형의 산과 사각형의 밭만이 가득한 우리 마을의 유일한 곡선이었다. 아니, 이제는 강이 생겼기에 유일한 곡선은 아니다. 곡선과 곡선이 겹쳐지는 곳, 나는 언젠가 그곳에 학이 돌아올 것이라고 믿는다.

비가 많이 오던 날

자정이 다 된 시간이었다. 친구와 심야 영화를 예매한 나는 영화관 앞에서 우산을 접었다. 건물 안으로 들어가기 전에 우산을 접으며 물기를 탈탈 털었지만 물기가 다 제거되지는 않았다. 엘리베이터를 타고 육 층으로 올라가는 버튼을 눌렀다. 육 층입니다. 기계의 목소리와 함께 문이 열렸다. 늦은 시간 탓인데도 생각보다 사람들이 많았다. 티켓을 뽑고 빈자리에 앉아 친구를 기다리고 있었다. 영화관 매점 부스 메뉴판을 보며 어떤 맛 팝콘을 먹을지 고민하고 있었다. 친구는 카라멜 맛 팝콘을 좋아했고 나는 고소한 맛과 카라멜 맛 팝콘 중 더 끌리는 걸 선택해 먹는 편이었다. 오늘은 카라멜 팝콘이다. 둘이 하나로 시키면 되니까 사이즈 업을 해서 먹으면 되겠다. 근데 얘는 왜 이렇게 안 오는 거야. 상영시간까지 십 분 정도 밖에 남지 않았다. 연락이라도 해 봐야 되겠다는 마음에 휴대폰을 켜니 친구에게 카톡 하나가 와 있었다.

－미안해, 나 좀 늦을 것 같아ㅜㅜ 먼저 들어가 있어ㅜㅜ

오 분 정도 전에 온 연락이었다.

－아 천천히 와 팝콘이랑 콜라는 내가 사서 들어갈게

－카라멜로 살게

나는 먼저 상영관 안으로 들어가 팝콘을 집어 먹으며 영화가 시작되기를 기다리고 있었다. 카라멜 팝콘의 단내가 손에 물들어가는 것 같았다. 늦을지도 모른다는 친구는 영화가 시작하기 전에 상영관으로 들어왔다. 사람이 많던 영화관과 다르게 상영관 내에는 빈자리가 많이 보였다. 내가 앉아 있는 H열 13번 자리에서 두 자리 떨어져 한 사람이 앉아 있었고 앞 열에 한 사람, 뒷열에 두 사람이 앉아 있었다. 친구는 물기가 흐르는 장우산을 먼저 내려놓고 말을 걸었다.

　"늦었지? 미안해. 같이 들어왔었어야 했는데."

　밖에는 태풍의 영향으로 시끄럽게 비가 쏟아내리고 있었지만, 상영관 안에선 아무런 소리도 들리지 않았다. 방금까지 비를 맞던 젖은 우산이 다리에 걸리적거렸다. 팝콘을 집어 먹던 오른손에선 단 냄새가 났다. 팝콘 통을 보니 영화가 시작되지도 않았는데 팝콘이 반 정도 줄어들어 있었다. 줄어드는 팝콘이 아쉬워 두어 번 흔들어 섞었다. 왠지 모르게 양이 늘어나 보였다.

　"영화 어땠어?"

　"재밌었어. 너는?"

　"나도."

　옥수수 껍질만 남은 팝콘통을 내려놓으며 영화에 관해 물었다. 그새 물기가 마른 우산은 다리에 닿아도 별로 거슬리지 않았다. 친구는 늦어서 미안하다 다시 사과하더니 팝콘 값과 영화 값을 본인이 다 내겠다며 계좌번호를 카톡으로 보내달라고 했다. 계속 거절했지만 본인이 미안해서 안 된다며 적어도 팝콘값은 보내게 해 달라고 사정했다. 친구는 필요 이상으로 미안해하고 있었다.

 1층으로 내려와 차양 밖으로 손을 내밀어보니 영화관에 처음 왔을 때보다 빗줄기가 굵어져 있었다. 바람도 세게 불고 있어 약한 우산을 들고 왔으면 얼마 못 가면 우산이 뒤집어질 것처럼 보였다. 친구는 장우산을 들고 왔지만 내 우산은 쉽게 뒤집어질 것처럼 보였다. 친구는 데려다주겠다고 했지만, 우산 하나에 두 사람이 들어가 맞고 올 비가 아니었다. 두 사람 모두 흠뻑 젖을 것 같았다. 정반대인 집 방향을 핑계로 대며 영화관 앞에서 친구와 나는 헤어졌다.

 운이 좋았다. 우산은 아직 한 번밖에 뒤집히지 않았다. 아, 이걸 다행이라 말할 수는 없나. 처음 예상했을 땐 집까지 가면서 서너 번은 뒤집힐 줄 알았는데 집에 거의 다 온 지금까지 한 번밖에 뒤집히지 않았다. 내가 사는 집은 영화관 앞에 있는 큰길을 따라 십 분 정도 걸어온 후 방향을 한 번만 틀어 오 분 정도 걸어가면 나오는 집이다. 우리 집으로 가는 길 골목에 세워진 가로등이 비가 오는 날이면 고장이 잦다. 가로등 개수가 많지도 않고 넓게 세워져 있어 하나가 고장 나면 골목 전체가 캄캄해 보였다. 가로등이 다 켜져 있길 바라며 골목으로 방향을 틀었다. 가로등 세 개 중 하나만 깜빡거리며 켜져 있었고 다른 가로등들은 전멸이었다. 최악이다. 벗어나는 방법은 그냥 빨리 뛰어가는 방법밖에 없었다.

 우산을 접자 물이 한 번에 떨어졌다. 우산이 한 번밖에 뒤집어지지 않았지만 굵은 빗줄기 덕에 꽤 젖었다. 신발장에서 화장실로 뛰어간 후 대충 물을 짰다. 뛰어도 잘 떨어지지 않는 것을 확인한 후 옷장을 열어 아무 옷이나 집어 샤워 후 갈아입었다.

　머리를 닦으며 시계를 보니 새벽 3시가 거의 다 되었다. 자기는 글
렀네. 라면이나 먹을 생각에 찬장을 열었다. 라면 개수가 이상했다.
분명 네 개가 나와 있었는데 내가 하나를 집어가니 두 개밖에 남지
않았다. 라면 하나는 어디로 간 거지? 며칠 전 분리수거를 해 쓰레기
를 버릴 때도 라면 봉지는 하나 밖에 나오지 않았었고 그 이후에 라
면을 끓여 먹은 적은 없었다. 내가 숫자를 잘못 셌었나. 가스 불을 켜
며 찬장 문을 닫았다.

　냄비 뚜껑을 열자 라면 조미료 냄새가 퍼져 나왔다. 적당히 익은 김
치 하나를 올려 입 안으로 집어넣었다. 역시 맛있었다. 라면을 먹다
휴대폰을 집어 인터넷에 들어갔다. 실시간 검색어에는 오늘 보고 온
영화가 올라가 있었다. 클릭해 들어가니 영화 예고편이 상단에 떠 있
었다. 이 영화 예고편을 보는 동안 바깥에 내리는 빗소리가 귀에 박
혔다. 상영관 안에선 묵음처리라도 한 듯 일절 들리지 않던 소리였다.

검은 양

전주연

1. 남다

아버지가 돌아왔다. 이 섬뜩한 문장이 오늘의 일기 첫 줄을 장식할 생각을 하니 속이 쓰렸다. 미리 집으로 날아온 고지서를 받은 나는 잠에서 깨어나자마자 조용히 방문을 잠갔다. 그리고 지금, 거칠게 문을 두드리는 소리가 나의 심장 박동과 함께 쿵쿵댔다. 그것은 '나 왔다'고 알리는 목동의 신호였다. 아마도 현재, 아버지는 검은 양이 꼭 필요한 것 같았다. 그러니까 해조차도 눈을 부비적거리며 일어날 만한 시간에 나의 우리에 쳐들어온 것이 아니겠는가. 물론 그가 원체 빠른 사람이었다는 것을 함구하는 것은 아니다. 그 앞뒤 양옆 꽉 막힌 곳도 아내의 부고는 제때 알려 주는지, 분명 몇 년은 남았을 옥살이를 끝내고 돌아온 것은 그의 아내가 죽은 지 고작 이 주가 지난 오늘이었으니 말이다. 미성년자인 나를 구실로 가석방 처분을 받은 아버지는 이른바 하얀 양이다. 거뭇거뭇한 피부에 동공에 난 까만 점, 왼쪽 눈 밑에 커다란 검버섯, 갈색을 띠는 나와는 다른 진한 검정 머리, 제일 안쪽 어금니에 난 치료 안 한 충치까지, 그럼에도 아버지는 하얗기 그지없다. 그 사람이 깨끗하거나 순수해서 그렇게 말하냐고

묻는다면 나는 아마 닿는 데까지 힘주어 고개 저을 것이다. 아버지
는 그런 사람이었다. 사실 하양보단 깜장에 가까운 사람 말이다. 그
럼에도 엄마의 책은 그를 하얀 양이라 불러야 마땅하단다. 그리고 나
는, 그런 아버지의 검은, 아주 새까만 양이고.

　내게 검은 양이라는 정체가 투영된 것은 엄마가 숨을 멈춘 날로부
터 거슬러 간다. 엄마에게는 책을 사는 버릇이 있었다. 읽는 버릇이
아니라, 정말 사기만 하는 버릇 말이다. 엄마는 읽지도 않을 책을 그
것도 표지만 보고 사 모았다. 대체로 이해할 수 없는 기괴한 그림이
그려져 있거나, 왠지 있어 보이고 어려운 단어가 난무하는 표지가 그
의 눈에 들었다. 엄마는 책장에 책을 쌓아 두고는 그것을 읽었다고 생
각하는 것 같았다. 아무튼 중요한 것은 그는 비닐을 제대로 뜯지 않아
속살을 채 드러내지도 못한 책들을 이 세상에 두고 갔고, 그것들을 처
리하는 건 내쪽이었다. 검은 양을 발견한 것은 그런 새것 이상의 책
들을 열 권씩 묶어 한 다섯 세트 정도 만들었을 때쯤이다. 혼자만 낡
아 빠진 책을 보고 있자니 그 속을 안 들여다보는 것이 이상했다. 게
다가 어렵거나 있어 보이긴커녕 표지에는 〈심리학 강의〉라는 글자
가 삼 분의 이를 차지할 만큼 대문짝만하게 박혀 있었다. 나는 쌓아
둔 책에 대충 엉덩이를 대고 앉아 그 책을 펼쳐 보았다. 그리고 어림
잡아 반쯤 펼친 페이지의 아래에는 하필이면 '검은 양 이론'이라는
것이 대충의 정의와 함께 주석으로 달려 있었다. 딱, 그때부터였다.

　오랜만에 본 아버지는 어김없이 나를 검은 양으로 만들었다. 일 더
하기 일은 이고, 이 더하기 이는 사지만, 그게 삼이 되고 오가 될 때
가 있다. 아버지는 그런 말을 참 잘했다. 자신이 이리 된 것도, 엄마

가 죽은 것도, 다 내 탓이라며. 그의 커다란 손바닥이 내 얼굴 위에 그림자 졌다. 그 손바닥에 가려진 나는 갓 태어난 새끼 양처럼 움츠렸다. 그에게 하고 싶은 말들이 경고 없이 올라왔으나, 그 양의 위치는 곱절로 작았다. 입을 떠나지 못한 말이 목구멍을 맴돌다 총을 물고 삼켜진다. 뻐끔뻐끔. 나는 말을 모르는 양이다. 그렇게 나는 여전히 아버지의 검은 양으로 남고야 말았다.

2. 나다

세상에서 아버지의 말보다 더 허무맹랑한 말이 있다면 내 몸에서 모르는 털이 난다는 거다. 그치만 말도 안 되는 소리가 말이 될 때가 있다는 걸 나는 안다. 지금 내가 딱 그랬다. 난다. 정말로.

야야, 너 털 나.

묵이는 어이없는 말을 했다. 사람이니까 털이 나지. 그것은 밥을 먹고 배설을 하는 것과 같이 지극히 자연스럽고도 인간적인 부분이었다. 게다가 난 열아홉 살이었다. 이젠 어느 부위에 털이 나도 이상하지 않은 나이란 말이다. 그러나 왜인지 얘가 심각하다. 묵이는 미간을 잔뜩 찌푸리곤 당황스러운 눈빛으로 나를 바라봤다. 그리고 몇 초 지나지 않아 나는 이 아이의 표정을 이해했다. 정말로 털이 난다. 그러니까 그것은, 길고 두꺼운, 내 것이 아닌 다른 검정의 털이었다.

괴리감, 어색함, 부자연스러움. 그것은 내 팔에 난 이 한 올의 털을 수식하기 좋은 단어들이었다. 묵이는 도수 높은 안경을 눈에 꼭 맞게 검지 손가락으로 올리면서, 그것을 한참이나 들여다봤다.

이건 도대체…… 뉘 집 털이래냐?

묵이는 그 정체 모를 털을 이리저리 당겨 보다, 손가락으로 비비 꼬아 뽑으려 들었다. 그런 묵이의 손을 쳐내듯 밀어내자, 그제야 나를 올려다봤다. 내 털도 힘주면 뽑히는데, 요 남의 털이 뽑히지는 않고 아프기만 하다. 모든 고통 신경이 다 그쪽으로 간 듯 털이 난 작은 부위가 온몸을 다 찌릿하게 했다. 줄줄 흐르는 눈물에 묵이는 당황한 기색이 역력했다. 미안하다며 털을 쓰다듬는 통에 와중에도 피식 웃음이 났다. 묵이가 착해서 다행이었다. 아녔음 벌써 그녀의 검은 양이 되고도 남았을 테니까. 하지만 나는, 그런 묵이를 더 이상 볼 수 없었다.

* * *

묵이의 전화를 마지막으로 받은 게 일주일 전이다. 처음엔 돌연변이처럼 하나둘 나던 그 털이 며칠 사이에 내 온몸을 잡아먹을 만큼 늘었다. 돌연변이가 아니라, 원래 그렇게 태어난 사람처럼. 이건 인간보다는… 어느 짐승의 털에 가까웠다. 부들부들하고 기분 나쁜 촉감의 털이 가슴다리 할 것 없이 나 있는 걸 두 눈으로 보고 있자니, 정말 참을 수 없었다. 흑돼지? 검은 고양이? 블랙 푸들? 대체 내 털구멍에 서식하는 이 털들은 누구의 것이란 말인가. 몇 번을 자르고 또 잘랐다. 하지만 세균이 자기 몸을 떼어내어 번식하듯, 잘라내면 더 길고 꼿꼿하게 자랄 뿐이었다.

이불 속에 박혀 무기력하게 시간을 보낸 지 며칠, 그새 털은 더 는 듯 살갗이 간질거렸다. 정신을 차려야겠다는 생각에 나는 오랜만에 몸을 일으켜 화장실로 향했다. 그러나 전신 거울 앞으로 스쳐 지나가는 형상에 나는 발길을 되돌릴 수밖에 없었다. 심장이 쿵 내려앉는 듯했다. 거울 속의 나와 눈을 마주쳤는데, 그것은 내가 아닌 것만 같았다. 인간의 형태를 띤 양? 양의 형태를 띤 인간? 나는 그제야 내 몸을 지배하는 복슬한 털카락의 정체를 알아챘다. 검은 양. 그것이 자꾸 나를 따라온다. 털뿐만이 아니었다. 나는 내 이마에 난 두 개의 뾰족한 것이 무엇인지 곧바로 인지했다. 이건 뿔이 아니면 설명이 안 됐다. 고고하게 앞을 찌르는 두 뿔을 양손으로 잡았다. 서러운 충동이 몰려왔다. 뚝, 하고 머릿속에 있는 무언가의 끈이 끊기는 것만 같았다.

정신을 차렸을 때, 내 앞은 나의 깜장도, 아버지의 하양도 아니었다. 빨강. 온통 빨강이었다. 왈칵 쏟아지는 피가 내 몸에서 무자비하게 뽑혀 나간 까만 털을 적셨다. 털과 함께 떨어진 조그마한 살점들은 방바닥에 군데군데 널려 있었다. 부러진 두 개의 뿔은 이불 위를 데구르르 굴러다녔고, 그 자리에 난 피가 자꾸 눈에 들어가 정말 앞이 빨갰다. 몸이 강하게 떨리는 것이 느껴졌다. 아버지의 손찌검보다 몇 배는 더한 고통이 하필 정신을 차렸을 때 다가왔다. 내 속에서 비명 소리가 포화해 메아리쳤다. 그때, 나는 몇 번이고 죽고 싶었다.

3. 날다

스물. 그것은 내가 아버지에게서 벗어나기 좋은 숫자였다. 그간 아버지는 집에 거의 들어오지 않았지만, 가끔 한밤중에 들어와서는 자는 나를 지독히 괴롭히고 갔다. 나는 그 검은 양에게서 벗어날 심산이었다. 그간 모은 돈으로 괜찮은 원룸 정도는 구할 수 있지 않을까, 생각했다. 작은 배낭 안에 몇 없는 옷가지들을 넣어 둘러멨다. 그러고선 싱크대 밑에 고이 숨겨 둔 통장을 꺼내 손에 쥐었다. 나는 그렇게 현관을 나서려다 다시 뒤돌았다. 언제 올지 모를 아버지에게, 왜 인지 '나 갑니다' 말은 해줘야 할 것 같아서였다. 냉장고에 붙여 놓은 전단지를 대충 뜯고 볼펜을 꺼냈다.

잘 지내지 말아요. 하얀 아버지.

* * *

머물 집을 정한 것은 그로부터 며칠 뒤였다. 종일 집을 찾았지만, 생각과는 다르게 집 구하기란 쉬운 일이 아니었다. 그렇게 방황하다 겨우 구한 집은 환기가 잘 안 돼 곰팡이에서 오는 쿰쿰한 냄새가 진동했고, 보일러는 자주 고장이 났으며, 바닥과 벽지 군데군데가 까져 있는, 마치 버려진 것 같은 집이었다. 원래 살던 집도 할머니가 물려주신 낡은 주택이었지만, 이 정도로 추레하지는 않았다. 하지만 가지고 있는 돈으로는 이런 집도 겨우였다. 집주인은 사십 대 중반쯤으로 보이는 아저씨였는데, 그는 인상부터 하얀 사람이었다. 나는 그게 싫었다. 하얀 사람 앞에 있으면 내가 더 까매지는 기분이라, 지금까지 되도록 까만 사람만 만나 왔기 때문이다. 그치만 싫은 감정을 티 내기에 나는 우매한 짐승일 뿐이어서, 그저 입을 꾹 닫았다.

아저씨는 흑백의 구분을 좋아하는 사람이었다. 그래서인지 그간 그는 물을 너무 많이 쓴다느니, 밤중에 시끄럽다느니 자잘하게 내게 딴지를 걸었다. 그 핑계로 나를 찾아와서는, 돈 문제부터 아내와의 충돌까지도 내게 화풀이했다. 그의 말은 언제나 나를 까맣게 비췄다. 누군가의 검은 양이 된다는 것은 한순간이었고, 내가 이 사람의 검은 양임을 알기에 나는 연거푸 고개만 숙여야 했다. 아저씨에게 월세를 두 번 낸 뒤 어느 날, 이 짓은 접을 수 있었지만 말이다.

그날도 어김없이 날 찾아온 아저씨는 술을 조금 한 것 같았다. 취하진 않아 보였으나 곁에서 알코올 냄새가 은은하게 풍겼다. 아저씨는 사정이 딱해서 월세를 깎아 줬는데, 생각해 보니 자기 사정도 넉넉잖다며 말꼬를 틀었다. 결론은 월세를 올리겠단 말이었다. 모든 하얀 양이 다 그렇듯 늘 독단적이고, 그만큼 우월했다. 선의도 악의도 마음껏 베풀 수 있는 존재 말이다. 아버지가 지금 나를 본다면 너 여전히 까맣구나, 하며 웃을 것만 같았다. 표현할 수 없는 불편한 기분에 속이 울렁거렸다. 작고 검은 짐승이 잿빛이 된 순간이었다.

아저씨, 이건 좀 아니지 않아요?

어떤 손을 밀어 넣어선, 입 안보다 더 깊숙이 속내에 들어찼던 말들을 강제로 끄집어내는 듯한 느낌이 들었다. 못할 말들을 왈칵 토해냈다. 더는 삼킬 수 없었다. 그런데 토하고 보니 그건 말뿐만은 아니었다. 어떤, 더 새까만 그런 게 우수수 나왔다.

* * *

헉, 소리를 내며 잠에서 깨어났다. 왜인지 숨쉬기가 너무 힘들어 짧은 숨을 여러 번 내쉬었다. 메마른 공기에 무언가 잘못됐다는 걸 느꼈다. 아저씨와 한참 실랑이를 벌인 뒤 지쳐 잠들었고, 일어나 보니 웬 연기가 방 안에 그득했을 뿐이다. 잠결에도 현관문에서부터 보이는 거센 불길이 보였다. 누군가의 검은 양이 되는 속도처럼 순식간에 불이 퍼져갔다. 자꾸 기침이 나와 옷소매로 입을 틀어막았다. 검붉은 불길이 몇 없는 짐들과 가구를 먹으며 사방으로 밀려왔다. 그들조차이 세상에 내 자리는 없다고 말하는 것 같아 눈을 감았다.

태어남은 꽃처럼 피어나고, 죽는 것도 꽃처럼 시들어간다. 자연스럽게. 내가 정한 건 없었다. 그 사이엔 까매지는 것도, 하얘지는 것도, 미움받는 것도, 사랑받는 것도, 희생하는 것도, 탓하는 것도 마음대로 할 수 없다. 그렇게 태어나고 싶지도 않았건만 태어났고, 그럼에도 죽고 싶지 않았던 나는, 지금 죽어간다.

거스르고 싶었다. 나는 나를 두 팔로 부둥켜안고, 잠시 울었다. 선택한 거다. 내 선택으로 죽는 거다. 나는 천천히 불길로 다가갔다. 다리가 후들거려 잘 걸어지지 않았다. 절뚝거리며 걷던 나는 결국 내 발목에 걸려 앞으로 넘어졌다. 그런데 왜인지 아프지 않았다. 다만 슬펐을 뿐이다. 늘상, 나는 아파야 할 때 것보다 더 슬펐다. 몸에 힘이 들어가지지 않는다. 불길이 어느새 내 앞까지 다가왔다. 죽어도 내가 나를 죽일 거야. 그 열망으로 기었다. 가녀린 두 팔로, 축 처진 몸뚱아리를 끌고 불길 속으로 기었다. 그렇게, 보일러도 작동 않는 차가운 바닥에서, 나는 뜨겁게 죽었다. 온몸이 재가 되어 공중으로 흩어지는 듯했다.

천사가 타락하면 악마라던데.

4. 낡다

눈을 떴다. 초점이 잘 잡히지 않아 몇 번이나 다시 감았다 떴다. 하얀 벽과 지독한 소독약 냄새가 이곳이 병원임을 짐작게 했다. 조심히 몸을 일으켜 세웠다. 침대 옆에는 바깥을 내다볼 수 있는 큰 통유리창이 있었다. 그 유리창에 비쳐진 나는 고대 이집트 무덤에서 발견된 미라처럼 온몸에 붕대가 둘둘 감겨 있었다. 그제야 살아 있음을 인지한 나처럼, 뒤늦게 간호사가 병실에 들어왔다. 그리고 며칠 뒤에는 한 남성이 경찰 관계자라며 나를 찾았다. 주인아저씨는 내가 방에 불을 질렀다며 자신이 그 목격자라 말했지만, 그가 술을 진탕 마시곤 홧김에 불을 저질렀다는 사실은 내가 해명하기도 전에 이미 밝혀져 있었다. 나는 그저 끝까지 그는 나를 까맣게 봤구나, 하고 말았다. 사실 그보다 더 놀랄 것은, 내가 살던 그 방이, 나와 같은 깜장의 재만 남은 채 사라졌다는 것이었다.

실례합니다 –

배고픈 길고양이처럼, 나는 내게 버려진 그 집을 석 달 만에 다시 수거했다. 제발 아무도 없기를 빌면서 말이다. 어째서 갑자기 신께서 내 소원을 들어주는지, 비웠던 집엔 그간 아무도 들어오지 않은 듯했다. 물론 아버지도 포함이었다. 현관 비밀번호부터 식탁 위 쪽지까지, 전부 그대로였다. 그저 바깥에서 들려오는 빗소리가 이 공간의 공허함을 채워 줄 뿐이었다. 아버지가 석 달 동안 안 들어온 적은 없었는데, 이상함을 느끼기도 전에 누군가 문을 두드렸다. 나는 본능적으로 아버지임을 눈치채고 급하게 식탁 위 그 쪽지를 거뒀다. 몸이 기억한다는 말을 실감한 순간이었다. 잊은 적 없던 감각은 문을 잠그고 이불을 꺼내 덮어쓰기까지 단 십 초도 걸리지 않게 했다.

술에라도 잔뜩 취했는지, 아버지는 비밀번호를 잊은 것 같았다. 그저 여러 차례 문을 두드릴 뿐이었다. 이불 속에서도, 쿵쿵거리는 소리는 거세지는 빗소리와 함께 선명히 들려왔다. 나는 손가락으로 귀를 틀어막고 애써 무시했다. 갑자기 배가 묵직하니 아파져 오는 듯했다. 눈을 감으니 타오르는 갈증에 나는 조심스레 방문을 열었다. 기척을 들키지 않으려 까치발을 들고 주방으로 향했다. 그때, 번개가 번쩍 주위를 밝게 했다. 꺅, 하는 명백한 여성의 목소리에 나는 등까지 소름이 돋았다. 몇 시간째 문을 두드리던 사람은, 아버지가 아닌 정체 모를 그녀였다.

* * *

그녀가 내게 무릎을 꿇었다. 나와 너무도 동떨어지고 낯선 문장에 발음하는 것조차 힘들었다. 살아오면서 누군가 내 앞에서 무릎을 꿇을 거라고 생각해 본 적도 없는 나는, 이 광경에 엄청난 희열을 느꼈다. 그녀는 나를 거의 죽일 뻔한 집주인의 아내였다. 옆에는 끽해야 서너 살로 보이는 아이를 달고 있었다. 그녀는 내 바짓단을 붙잡으며 합의서를 써 달라고 부탁했다. 그녀의 눈동자는 진한 검은색이었다. 쿠궁, 하고 다시 큰 번개가 내리쳤다. 까만 벽에는 그 빛에 비친 내가 잠깐 그림자 졌다가, 금세 사라졌다. 잘못 봤겠지만, 잠깐 내 그림자에 커다란 날개가 달렸던 것처럼 보였다.

내가 일어날 때까지 그렇게 무릎 꿇고 있어 봐요. 그럼 뭐, 생각해 보고요.

나는 거의 자지 못했다. 문 앞에서 누군가가 밤새 무릎을 꿇고 있었다는 사실 때문일 수도 있겠지만, 그것보다는 배가 너무 불편했기 때문이다. 생리통 비슷한 것이, 것보다 몇 배는 더 아프게 내게 밀려왔다. 배 속의 장기들이 자기네들끼리 요동치는 듯했다. 나는 겨우 잠이 들었다 깨기를 내내 반복했다. 눈을 뜨자, 긴 새벽이 지나 있었다. 일어나기 무섭게 다시 시작된 통증에, 무얼 다 토해낼 것만 같았다. 나는 화장실로 뛰쳐나가듯이 방을 빠져나왔다. 방문 앞에는 고통 속에 잊고 있던 그녀가 여전히 무릎을 꿇고 있었다. 하얗게 질린 얼굴 때문인지, 밤새 운 듯 짓무른 눈가가 더 벌게 보였다. 다리를 잘게 떨고 있는 그녀의 옆에서 아이는 몸을 반쯤 웅크려 자고 있었다. 왜인지 모를 통쾌함과 짜릿함 때문인지, 나는 잠깐 고통도 잊을 뻔했다. 하지만 이윽고 다시 찾아오는 극심한 통증에 앓는 소리를 내었다. 나는 기분이 나빠져 그녀에게 나가라고 소리쳤다, 그녀는 겨우 몸을 일으키면서도, 아이를 품에 꼭 안아 들었다. 절뚝절뚝 걸어 나가는 그녀의 뒷모습까지 보기에는, 내 쪽이 더 급했지만 말이다.

나는 쉴 틈 없이 변기에다 구역질을 해댔다. 그런데 배가 묵직하니 뭐가 있는 것만 같았다. 나는 본능적으로 변기에 앉아 숨을 참았다. 배에 힘이 들어가 빠지지 않았다. 고통을 참지 못하고 나는 고래고래 소리를 질렀다. 얼마 지나지 않아, 내 속에서 무언가가 빠져나와 변기통에 떨어졌다. 나는 순간 엄청난 두려움에 휩싸였다. 아무리 생각해도 내가 뭘… '낳은' 기분이었다. 나는 천천히 뒤돌아 그 정체를 확인했다. 그때, 나는 잠깐 숨이 멎을 뻔했다. 나는 그대로 엉덩방아를 찧었다. 새까만 털이 막 돋아나기 시작하는, 검은 양이었다. 핏덩이 같은 그것을 손가락으로 변기 속에서 끄집어내었다. 가는 목소리로 메에– 하며 우는 그 짐승의 소리를 듣고 있자니 온몸에 전율이 끼쳤다. 나는 다 쉰 목소리로 비명을 내질렀다. 욕실 바닥은 나의 아래에서 차마 지혈되지 못한 피로 넓게 적셔지고 있었다.

5. 낳다

나는 내가 낳았다고 보는 이 검은 양에게 밥은커녕 물도 주지 않았다. 그것이 제발 죽기를 바라면서 말이다. 그러나 그 양은 나를 놀리듯, 날을 거르지 않고 커 갔다. 일주일이 지나자 그것은 완전히 다 커 버린 듯했다. 그리고 그 일주일 동안 나는, 그녀를 무려 일곱 번 만났다. 나를 찾아온 그녀는 무릎이 가벼웠고, 자주 울었다. 하지만 그녀의 눈물과 그 조그마한 아이를 보면서도 동정심이라든가 측은함 같은 건 전혀 들지 않았다. 그만큼 나는 심기가 매우 뒤틀려 있었다. 매일매일 오는 그녀처럼 나의 검은 양은 매일매일 다른 검은 양을 낳았기 때문이다. 내가 양을 낳았다는 건, 현대 의학으로는 도저히 설명할 수 없을 듯했다. 그리고 아무런 관계 없이 그 양이 또 다른 양을, 또 그 양이 또 다른 양을 낳는다는 사실은 지구가 뒤집힐 만한 일이기도 했다. 그 엄청난 일을 내가 겪고 있었다. 하루가 멀다 하고 불어나는 양의 숫자를 세며, 나는 거의 미칠 지경이었다. 그러나 운이 좋게도, 그녀는 그 감정을 풀기에 너무나 적당했다. 나는 욕지거리를 내뱉으면서, 꿇고 있는 그녀의 무릎을 발로 툭툭 차거나, 그녀의 얼굴에다 침을 뱉었다. 그녀가 찾아온 것부터 잘못되어서, 내가 양을 낳게 된 것 같기도 했다. 다행이었던 건, 양들이 꽤 시끄럽게 우는데도 그녀는 눈치를 못 챈 듯했다.

그녀는 더 이상 오지 않았다. 내가 합의서를 써 주기는커녕, 선처는 없다며 선을 그었기 때문이다. 경찰서에서 다시 만난 그녀는 나를 보자마자 달려들었다. 잔뜩 풀어헤친 머리카락과 제대로 가누지도 못하는 몸 때문에 나는 그녀가 달려오는 걸 보며 문득 귀신이나 좀비 같

다는 생각이 들었다. 그녀는 내가 무어라 입을 떼기도 전에 내 뺨을
할퀴었다. 그리곤 잔뜩 격앙된 목소리로 내게 소리쳤다.

당신은 악마야!

내가 악마라고? 아무리 생각해도 나는 잘못한 게 없다. 홧김에 불
을 낸 그녀의 남편이 잘못한 거지. 내가 그녀를 모질게 대했던 것도
다 지금 내 상황이 그럴 만한 거고, 내가 나쁜 건 아니었다. 오히려
귀찮게 자꾸 찾아오는 그녀의 잘못이 더 크지 않은가. 그녀를 더 이
상 상대하다간, 무슨 큰일이라도 낼 것처럼 속에서 화가 끓어 올랐
다. 나는 서둘러 사인을 했다. 그리곤 그녀를 무시해 버리고 곧장 집
으로 들어갔다. 집에 한 발 내딛자마자, 나는 내가 집에 일찍 들어온
것을 후회했지만 말이다.

내가 없는 사이에 양들이 엄청나게 불어 있었다. 집안 곳곳에 배
설을 해 놓는가 하면, 자기네들끼리 물어뜯고 싸우며 난리였다. 메
에- 우는 소리가 내 귀를 어지럽혔다. 나는 결국 이성의 끈을 놓아
버리고 말았다. 나는 주방에서 제일 잘 드는 식칼을 가져와 그 더러
운 검은 양들을 보이는 대로 찔러 죽였다. 다 큰 양들은 몇 번씩 찔
러 숨통을 끊어 놓고, 어린 새끼 양들은 검은 봉지에 한데 모아 질끈
묶고는 내다 버렸다. 그럼에도 불구하고 여전히 양 우는 소리는 멈
출 줄을 몰랐다.

누군가 계단을 오르는 소리가 들렸다. 나는 그 소리에 그제야 정신
을 차렸다. 집을 둘러보자 반 이상이 죽어 있었다. 나는 바닥에 흩뿌
려진 피들을 널려 있는 양들의 거죽으로 대충 닦았다. 그리고는 사체
와 살아 있는 양들의 구분할 겨를도 없이 그것들을 내 방에 욱여넣고

방문을 닫았다. 하지만 거실과 주방은 이미 피비린내가 진동했고, 미처 닦지 못한 피가 옷 여기저기에 얼룩져 있었다. 나는 도어락을 여는 소리에 몸이 아예 굳어 버렸다. 문이 열리자마자, 나는 그와 제대로 눈이 마주쳤다. 아버지였다. 급히 그의 눈을 피해 내리깔았다. 그 사이 한동안 정적이 흘렀다. 나는 아직 다 처리하지 못한 구린내와 내 옷들에 뭐라 둘러대야 할지 머리를 굴릴 뿐이었다.

오랜만에 본 그는 예전과 사뭇 달랐다. 그는 술에 취하지 않았으며, 살이 꽤 빠져 있었다. 등과 허리도 조금 굽어서인지, 한입에 양을 잡아먹는 커다란 육식 동물과 같던 그의 모습도 잘 보이지 않았다. 그리고 결정적으로, 하양이 덜했다. 아버지는 숨을 들이마셨다가, 아랫입술을 꽉 깨물었다. 무언가 말하고 싶어 보였다. 그가 주저하는 모습을 처음 봐서인지, 기분이 묘했다.

나 한번만 도와주라.

* * *

옆에 서 있어만 달라는 아버지의 부탁에 어안이 벙벙했다. 세상에서 가장 증오하는 아버지가 내게 처음으로 한 부탁이었다. 아버지가 강제로 끌고 가는 것도 아니었지만, 왜인지 거절할 수 없었다. 아버지와 나는 처음으로 나란히 서서 장례식장에 들어섰다. 아버지의 얼굴을 본 이들이 수군거렸다. 일부러 들으라는 듯 크게 얘기하는 통에 장례식장이 시끌벅적했다. 그래도 제 어미라고, 가족도 버린 주제에……. 공기 중에 떠도는 이야기들이 전부 귀에 박혔다. 사람들의 시선이 매섭게 우리를 보는 듯했다. 나는 문득, 아버지가 나와 엄마의 곁에서만 까맣다는 걸 알아차렸다. 어머니의 영정 사진을 앞에 두고 무릎을 꿇은 아버지는, 웃기게도 입고 있는 까만 정장보다 더 진한 깜장이었다. 그에 비해 주변에서 수군거리는 사람들은 모두, 마치 우리 앞에 놓인 한 떨기 국화꽃처럼 새하앴다.

그는 답지 않게 눈치를 보는 듯했다. 그래서 그는 어머니의 영정 사진 앞에서 인사도 제대로 나누지 못하고 쫓기듯 그 자리를 빠져나왔다. 아버지가 내게 부탁까지 하면서 나를 데리고 간 이유를, 나는 짐작할 수 있었다. 아버지는 한 번도 내게 집안에 관해 얘기해 준 적 없지만, 여기서 그가 검은 양이라는 것만큼은 알 것 같았다. 나는 묘한 기분이 들었다. 우리는 곧바로 돌아가려 했으나, 그럴 수 없었다. 어떤 인물이 아버지의 머리에다 뜨거운 국물을 사발째 들이부었으니 말이다. 여기가 어디라고 오냐며 소리를 내지르면서. 아버지의 정수리에서부터 흐르는 국물이 하필이면 빨개서, 그의 얼굴은 피가 흐르는 것처럼 보였다. 그러나 아무도 그런 그에게 휴지 한 장을 건네지 않았다. 그는 몸에서 국물을 뚝뚝 떨어뜨리다가, 아무런 말 없이 화장실 쪽으로 걸음했다. 나는 그런 그를 뒤따랐다.

대충 뒤처리를 하고 나온 아버지는 화장실 입구에 쭈그리고 앉아 있는 나를 보고 조금 당황한 표정을 지었다. 당연히 먼저 간 줄 알았나 보다. 표현할 수 없는 감정들이 밀려와 눈물이 흘렀다. 알면 안 될 것을 알아 버린 것만 같았다. 소리 내진 않았지만, 이미 눈에는 눈물이 가득 차 앞이 흐려졌다.

미안하다.

너무 생각지도 못한 소리를 들어서 울음도 뚝 멈췄다. 나는 아버지를 절대 용서할 수 없다. 그는 내 불행의 원인이었으며 내게는 너무도 하얀 존재였다. 하지만 조금은 증오를 덜어도 되지 않나, 나는 그렇게 생각해 버렸다. 그때 내게 사과하는 아버지의 목소리가 너무나 초연했기 때문에, 내가 미친 건 아닐까 싶었다. 나는 처음으로 아버지의 눈을 똑바로 마주쳤다.

잘 지내지 말아요, 잿빛 아버지.

나는 그 한마디를 끝으로 아버지에게서 등을 돌렸다. 그리고는 숨이 멎을 정도로 빠르게 뛰었다. 그렇게 한참을 뛰어간 곳은 익숙한 경찰서였다. 나는 휘날리듯 합의서를 써 내려갔다. 주인아저씨가 벌을 받아도, 그다지 기분이 시원하지 않을 것만 같아서였다. 집으로 가는 길에, 나는 무언가 심장을 꽉 움켜쥐는 듯해져 잠시 걸음을 멈추었다. 고작 하루 동안 너무 많은 일이 생겨 버린 것만 같았다. 나는 최대한 천천히 발을 내디뎠다. 내게는 걱정거리가 하나 더 있었다. 나는 도어락을 열고 신발도 벗지 않은 채 집안을 둘러보았다. 그새 구린내는 말끔히 빠진 듯했다. 심호흡을 하고는 방문을 살짝 열었다. 그리고 그 방은, 언제 그랬냐는 듯이 멀끔했다.